小木屋的故事

大森林里的小木屋

[美] 劳拉·英格斯·怀德 著
文轩 译

中国书籍出版社
China Book Press

图书在版编目（CIP）数据

大森林里的小木屋 /（美）怀德著；文轩译. — 北京：中国书籍出版社，2015.2
ISBN 978-7-5068-4621-9

Ⅰ.①大… Ⅱ.①怀… ②文… Ⅲ.①儿童文学—长篇小说—美国—现代 Ⅳ.① I712.84

中国版本图书馆 CIP 数据核字（2014）第 300613 号

大森林里的小木屋

[美]劳拉·英格斯·怀德 著　文轩 译

图书策划	武　斌　崔付建
责任编辑	牛　超
责任印制	孙马飞　马　芝
出版发行	中国书籍出版社
地　　址	北京市丰台区三路居路 97 号（邮编：100073）
电　　话	（010）52257143（总编室）（010）52257140（发行部）
电子邮箱	chinabp@vip.sina.com
经　　销	全国新华书店
印　　刷	北京富达印务有限公司
开　　本	650 毫米 ×940 毫米　1/16
字　　数	105 千字
印　　张	12
版　　次	2015 年 2 月第 1 版　2015 年 2 月第 1 次印刷
书　　号	ISBN 978-7-5068-4621-9
定　　价	24.00 元

版权所有　翻印必究

出版前言

在美国白宫的网站上，列有美国儿童文学作家的白宫梦之队，成员仅有三位：一位是写《夏洛的网》的E.B.怀特，一位是写《戴高帽的猫》的苏斯博士，还有一位就是"小木屋的故事"系列小说的作者劳拉·英格斯·怀德。

劳拉·英格斯·怀德出生于1867年2月7日，是四个孩子中的老二。根据劳拉的描述，她的父亲是个聪明、乐观却有些鲁莽的人，而她的母亲节俭、温和且有教养。劳拉的姐姐玛丽14岁时因感染猩红热而失明，弟弟九个月大的时候就夭折了。姐弟的不幸和常年艰辛动荡的拓荒生活，让劳拉从一个无忧无虑的小女孩迅速成长为一个坚强、勇敢、自立的少女。1882年，她在15岁时就取得了教师资格证。为了能让姐姐玛丽读昂贵的盲人学校，她独自去离家十几公里的乡村小学做教师赚钱养家。

在那段时间里，她收获了爱情，大她十岁的农庄男孩阿曼乐对劳拉展开了追求。3年后，18岁的劳拉和阿曼乐结为夫妻，后来生下了女儿罗斯。罗斯长大后成为了一名相当出色的新闻作家，而正是在罗斯的鼓励下，老年劳拉开始了对过去拓荒生活的回忆，创作出了"小木屋的故事"系列小说。这套作品可以说就是劳拉大半生的自传，书中的主角劳拉就是真实劳拉的化身。

"小木屋的故事"讲述了19世纪后半期，女孩劳拉和她的家庭在美国西部边疆地区拓荒的故事，被誉为一部美国人自强不息的"拓荒百科"。1862年南北战争期间，美国国会颁布了《宅地法案》，规定了拓荒者可以申请获得公有土地，从而揭开了波澜壮阔的美国西部大开拓时代。南北战争结束后，美国各地掀起了到西部拓荒的热潮。在这样的历史背景下，住在美国中部威斯康星州的劳拉一家开始了进军西部、追求美好生活的拓荒历程。劳拉从2岁开始便跟随家庭四处迁徙，在13岁以前，她就已到过威斯康星州的大森林、堪萨斯州的大草原、明尼苏达州的梅溪边，以及南达科他州的大荒原。劳拉一家住过森林里的小木屋，睡过草原上的地洞，也在静谧的农庄和繁忙的小镇生活过。

"小木屋的故事"一共9本，其中序曲《大森林里的小木屋》出版于1932年——劳拉65岁之时，主要讲述了她童年时代生活在威斯康星州大森林里的故事。这本书一经出版便获得了出人意料的成功，受到了不同年龄读者的极大欢迎，这也让劳拉意识到自己"拥有一个奇妙的童年"。此后十年，她笔耕不辍，相继出版了《农庄男孩》（1933年）,《草原上的小木屋》（1935年），《在梅溪边》（1937），《在银湖边》（1939），《漫长的冬季》（1940），《草原小镇》（1941），《快乐的金色年代》（1943）等7部作品，故事一直讲到劳拉恋爱并嫁给阿曼乐。1957年，劳拉在密苏里州的农场去世，享年90岁。她的遗作，反映其新婚生活的手稿——《新婚四年》于1971年由女儿罗斯整理出版，为"小木屋的故事"画上了完美的句号。

劳拉曾在文章中写道："我见识了森林和草原的印第安乡村、边疆小镇、未开发的西部广袤土地，也亲历了人们申领土地拓荒定居的场景。我想我目睹了这一切，并在这一切中生活……我想让现在的孩子们对他们所看到的事物的历史源头及其背后的东西有更多更深的了解，正是这些使美国变成了今天他们所知道的样子。""小木屋的故事"在历史层面上，已然超越了儿童文学的范围，吸引了无数读者争相传阅。在劳拉87岁时，"小木屋的故事"系列小说开始被译成多种语言，在世界各地发行，每一本都受到了读者的极大欢迎。没有高学历、没有受过严格写作训练、没有华丽文笔的劳拉恐怕没有料到，"小木屋的故事"系列小说从此会成为世界儿童文学经典名著，成为美国文学史

小木屋的故事
Little House Books

上的一块里程碑。迄今为止，它已被改编成各种形式的故事，拍成系列电视剧和多部电影。而作者生活过并在小说中出现的地方——威斯康星州大森林中和堪萨斯州大草原上的小木屋、南达科他州银湖岸边的农庄和德斯密特镇的旧居，都成为了著名的景点，每年迎来成千上万的访客。

从拓荒女孩到驰名世界的儿童文学作家，劳拉一生的故事曲折生动。她以细腻的文笔和丰富的情感，把家庭的西部拓荒史、同父母姐妹间的亲情、与阿曼乐之间纯洁美好的爱情，以及个人的少女成长经历，描述得栩栩动人、妙趣横生。"小木屋的故事"系列小说如同一幅幅工笔细描的图画：拓荒者们与大自然搏斗，但又与大自然和谐相处；作品中的日月星辰、风雨冰雪、飞禽走兽、树木花草，无不变幻多姿、充满诗意，即使是破坏力巨大的自然灾变，也别具魅力；拓荒者之间的人际关系是那么单纯、和谐，家庭成员、亲族和朋友间的情感，包括劳拉与阿曼乐的爱情，都是那么真诚、美好，他们甚至对狗、猫、马、牛等家畜也充满了眷顾与柔情。全书涉及自然、探险、动物、亲情、爱情、成长等诸多受青少年喜爱的或惊险刺激、或温馨感人的元素，即便今天读来也倍感亲切，让人身临其境。

这是一套非常适合家庭阅读和亲子阅读的书籍。通过品读劳拉的成长故事和家庭的拓荒历程，我们可以认识自己与亲人、大自然的亲密关系，可以在生活节奏加快、人际关系疏离、远离大自然的现代社会中，找回温馨的亲情、宝贵的勇气、真实的爱情和朴素的感动。

放眼今天，生活在电子时代的我们很难说就一定比拓荒时的劳拉一家更加幸福。祖辈们用勤劳和勇敢开拓出美好的家园，传递给子孙后代。而当我们享受他们的馈赠时，却忘记了他们是如何久经生活的考验：耕种、打猎、缝衣、筑屋、凿井……劳拉曾说，她创作"小木屋的故事"，是为了"把自己的童年故事讲给现在的孩子听，让他们懂得勇敢、自强、自立、真诚、助人为乐……这些品质不管是在过去还是在现在，都可以帮助我们克服各种艰难困苦"。劳拉的愿望已经成为一代代读者所追求的目标，劳拉的故事已经成为人们成长路上难得的指引与鼓励，温暖了无数大人和孩子的心灵，激励着我们不畏艰辛、勇敢开拓、创造未来。

目 录
CONTENTS

- 001　大森林里的小木屋
- 019　冬日里的白天和夜晚
- 037　爸的长枪
- 048　圣诞节
- 066　难熬的礼拜日
- 079　遭遇大熊
- 094　砂糖雪
- 104　去爷爷家参加舞会
- 123　全家一起进城
- 139　拜访亲朋的季节
- 154　收获的季节
- 162　神奇的机器
- 174　捕鹿

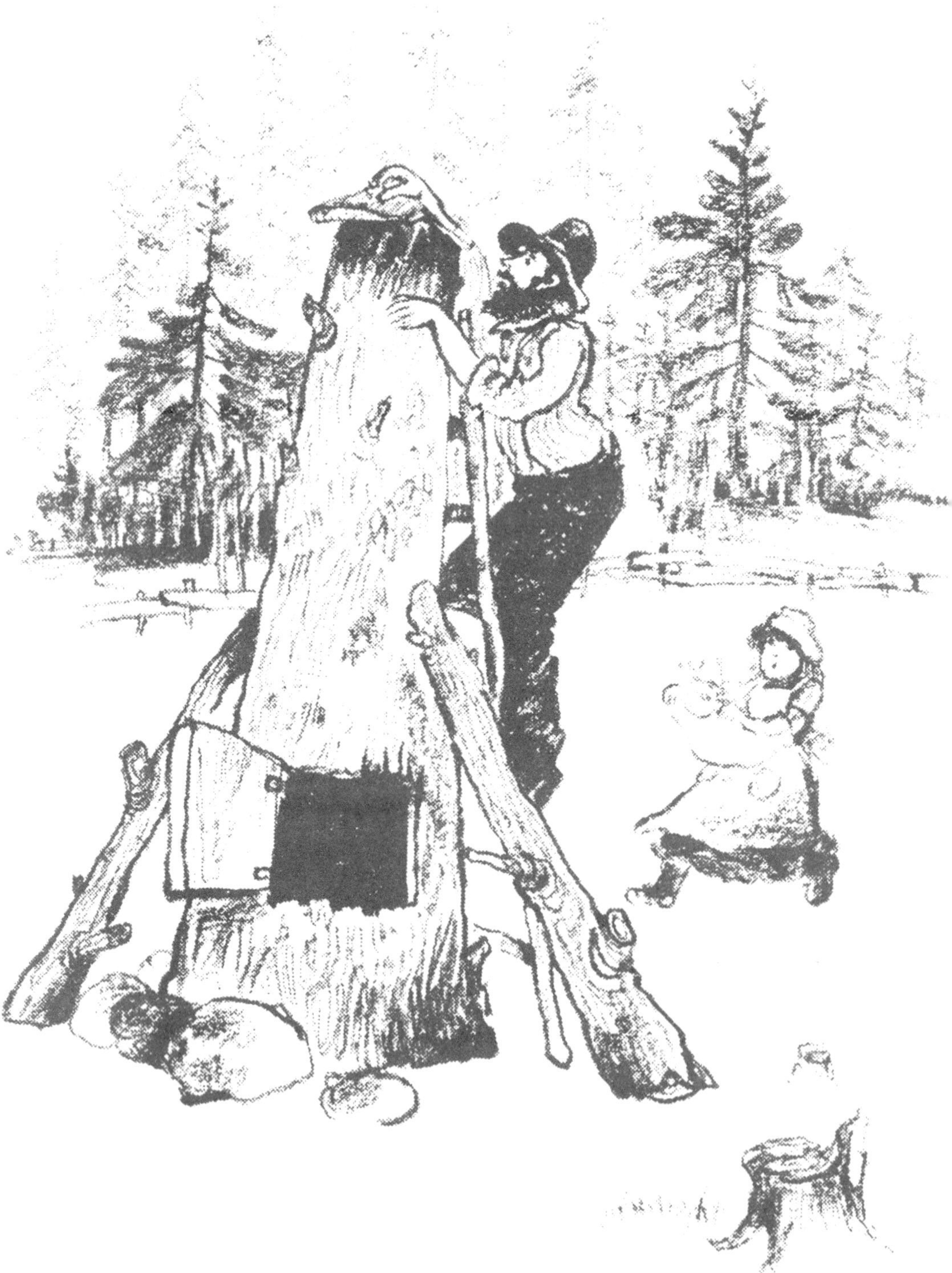

大森林里的小木屋

很久很久以前,在美国威斯康星州的一片大森林里,有一座由木头做成的灰色小房子,里面住着一个叫"劳拉"的小女孩。

小木屋被郁郁葱葱的大树紧紧包围着。大树周围依然是高耸入天的树木,大树们彼此相连、无边无际。如果你不停地向着北方走,哪怕走上一整天、一个礼拜、一个月,也走不出这片森林,四周能看到的只有茂盛的树木。在森林里,你找不到房子和路,也看不到有人居住的痕

迹。唯一能看到的，只有无边无际的树木、种类繁多的野生动物。

森林里的动物多极了，有矫健的狼、笨笨的大熊、大个子的野猫，溪边还住着麝鼠、水貂、水獭，狐狸则聚集在山坡上，鹿群如同天上的云朵，漂流在森林的每个地方。

无论从小木屋的东边还是西边出发，哪怕走上很长一段时间，四周也只有无边无际的树林。只有在遥远的大森林外沿，你才会发现在空地上零星的几座小木屋。

在劳拉到过的地方，她只见过这一座圆形小木屋。小木屋里，她和爸、妈、姐姐玛丽、妹妹卡莉快乐地生活在一起！在小木屋的门前，有一条可以行驶敞篷车的林间小道，小道蜿蜒曲折地通向森林深处，那里生活着数不清的野生动物。然而这条小路究竟通到什么地方？小路的那一端会是一个怎样的世界？小女孩都不知道。

在劳拉生活的时代和地域，小孩都习惯称呼父亲为"爸"，母亲为"妈"。"父亲""母亲"，或者"爸爸""妈妈"是现代才有的叫法。

到了晚上，劳拉就躺在一张安着滑轮的床上睡觉。每当她睡不着觉的时候，就只能听到黑夜里的树木"沙沙"

地说着悄悄话，除此之外就没有别的声音了。有一些夜晚，劳拉还能听到从远处传来"嗷嗷"的狼叫，叫声总是越来越近，好像狼在慢慢接近小木屋。

狼的叫声可怕极了，而且劳拉还听说它们一口就能把一个小女孩吞下去。幸好，小木屋足够坚固，是用结实的圆木建造的，门后还挂着一把爸的猎枪，这些应该能保护屋里的人。况且，满身花纹的老斗牛犬杰克，还时时刻刻地守在门口，警惕着呢。"放心睡吧，杰克不会让狼进来的。"爸这样安慰劳拉，于是劳拉就顺从地回到自己的小床，紧靠着玛丽睡着了。

一天晚上，爸把劳拉从床上抱到了窗边，让她来开开眼界，看看从未见过的狼。一群狼围着小木屋，有两只狼就蹲在小木屋门前，看起来就像是长毛狗。它们仰起头，冲着夜空中的明月，嗷嗷直叫。

杰克在门前，不安地走过来走过去，喉咙里发出低沉的吼叫。脊背上的毛都炸立起来，眼睛一直死盯着门前的狼，露出锋利的牙齿。狼始终都没有找到进攻的时机，只能一声一声绝望地嚎叫着。

小木屋很漂亮，也很舒适。两扇门一前一后，都可以出入。屋顶是一间宽敞的阁楼，每当下雨的时候，豆大的

雨点敲打着屋顶，发出"叮叮咚咚"的声音，就像打鼓一样，有趣极了。阁楼下面有两间房，小的一间是卧室，窗户上安装着木制的百叶窗；大的一间，窗户上安装着透明的玻璃。

一圈弯弯曲曲的栅栏环绕在小木屋周围，栅栏很结实，这样熊和鹿就不能闯进来了。

栅栏里面，就在劳拉的窗前，长着两棵高大漂亮的橡树。每天清晨，劳拉睁开眼睛的第一件事，就是趴在窗前看橡树。这一天，劳拉被眼前的景象惊呆了，两棵橡树上竟然分别挂着一只死鹿。

原来，这两头鹿是爸的猎物。昨天，爸打猎回来得太晚，劳拉已经睡着了。爸为了防止狼来偷吃，就把鹿高高悬挂在橡树上。

那一天，劳拉全家人一起享用了一顿丰盛的鹿肉大餐。鹿肉太好吃了，劳拉多想一口气都把它们吃完呀，可是，这可不行，妈要把大部分的鹿肉腌起来，还要用烟熏好，储存起来，作为全家人冬天的口粮。

眼看就要到冬天了，太阳落山越来越早，夜晚的时候，窗户上不知不觉就会挂满了白霜。用不了多久就会下雪了吧，要是下起了大雪，积雪会把小木屋整个掩埋起来。那时候，湖泊和小溪也会结上厚厚的冰。在冰天雪地里，爸就不会那么容易打到猎物了。

在漫长寒冷的冬季，熊几乎把所有时间都用在睡觉上，它钻进暖和的窝里，从不轻易出来；松鼠的窝在树洞里，它们把一层厚厚的树叶当做褥子，把毛茸茸的尾巴当做棉被，把头整个儿埋在尾巴里，蜷缩着呼呼大睡；只有鹿和兔子偶尔出来，但是它们都很警觉，一点小小的声响都能让它们慌忙逃窜。就算是爸幸运地捕到一只鹿，那只鹿也一定十分干瘦，远不像秋天时那样肥嘟嘟的。

所以，必须在冬天到来之前就做好准备，在屋子里存满好吃的，以防爸在冬天打不到猎物。

爸一点一点褪去鹿皮，再把盐撒在上面，然后用力把鹿皮撑开，这样就能把鹿皮制成柔软的皮革了。至于鹿肉，爸会把它们割成一块一块的，摆放在木板上，然后用盐腌起来。

爸找到一根高大的空心树，然后把它的树干整个儿锯下来，运回院子里。爸先在空空的树干里，钉上一排钉子，每根钉子都钉到了树干的最深处。爸把树干竖起来，在树干的顶部制作了一个顶盖，又在靠近树干的底部开了

一个小洞。开小洞切掉的木头没有扔掉,而是做成了一个小门安装在小洞上。做完这一切之后,爸就把树干牢牢地固定起来。

没过几天,鹿肉腌好了,爸在每块鹿肉上打了个孔,用绳子穿起来。爸要把穿好的鹿肉,挂在树干里的钉子上。

爸先从树干的底部开始挂起。他把手从小门伸进去,把肉挂在里面的钉子上,肉要挂得尽量高一些。然后,爸把梯子靠在树干上,爬到树干的顶部,挪开顶盖,从上到下再把肉挂在钉子上。最后,爸把顶盖复位,就从梯子上下来了。这些步骤,劳拉都看在眼里,记在心里。

这时,爸冲着劳拉说:"去劈木柴的砧板旁,捡一些碎的山核桃树木片来,要新鲜的、洁白的、干净的。"劳拉飞快地捡来了很多山核桃树木片,把身上的围裙兜都装满了。

爸在树干的小门里,放了一小堆干燥的苔藓和碎树皮,把它们点燃,又小心翼翼地把那些山核桃树碎木片放在火上。这些新鲜、潮湿的碎木片,不会立刻燃烧起来,而是冒出了一股浓浓的青烟。爸合上小门,刺鼻的青烟就留在了树干里，不断地熏着鹿肉。劳拉看见，树干的顶盖四周，有一缕缕青烟钻出来，不过没有关系，留在树干内的青烟已经足够熏肉了。

爸开心地对劳拉说："山核桃的烟最适合熏肉了，用它熏出来的鹿肉，味道好极了。熏好的鹿肉非常容易保存，无论是在什么天气，放在什么地方，都不会变质。"

一根空心树干是不够的，干完这一切，爸扛起斧头、提起枪，又去寻找合适的空心树干了。

随后的几天，劳拉和妈都守在火堆旁。一旦发现树干小门四周的缝隙里，没有青烟往外冒了，劳拉就迅速把山核桃碎木片拿过来，妈就把这些碎木片小心翼翼地放在火堆上层，继续熏烤鹿肉。在这几天里，小院子里一直弥漫着熏肉的香味，淡淡的。在打开树干小门的时候，一大股熏肉的香味就会扑出来，劳拉觉得这个味道太美妙了。

终于有一天，爸宣布鹿肉熏好了。一家人有条不紊地把火熄灭，爸从空心树干里把鹿肉取了出来。妈用准备好的干净纸张，把熏肉一块一块整齐地包起来。最后，把熏肉挂在阁楼上，那里既安全又干燥。

一天清晨，天色还灰蒙蒙的，爸就套上马车出门了。直到夜幕降临，爸才回来，马车上装满了大大小小的鱼，

车厢都鼓了起来，有的大鱼比劳拉的个头都大！原来，爸爸去了趟裴平湖，网了一车鱼。有一种鱼，长长的、扁扁的，妈把它们挑出来，煮熟了，又小心地片下一块块鱼片。劳拉和玛丽大口地吃着鱼片，味道鲜美极了，而且连一根鱼刺都没有吃到。一家人吃完了丰盛的鱼宴，妈像处理鹿肉一样把剩下的鱼腌了起来，保存在木桶中，也作为冬天的食物。

家里还有一头猪，平时都把它散放在大森林里，让它自己去找吃的，像橡果、坚果、植物的根等等。等时候到了，爸就会把猪赶回猪圈里，猪圈也是用圆木制成的。爸把猪养得肥肥的，等到气温降下来，降到能把猪肉冻成冰块的时候，爸就会把猪杀了。

一天半夜，劳拉被一阵惨烈的猪叫声吵醒。猪不住地叫，爸跳下床，抓过枪，冲了出去。接着就是两声枪响。

爸回来后，才向大家讲述了外面发生的事情。原来，有一头大黑熊想吃猪肉，它拼命往猪圈里钻，猪一边拼命地躲，一边发出惨叫。爸借着昏暗星光看到这个场景，端起猎枪就射击，可惜仓促之间没有打中。大黑熊慌忙逃窜到森林里去了。

太可惜了，熊肉可是最好吃的美味呀，劳拉心想。爸也觉得可惜,"不管怎么样,腌猪肉算是保住了",爸这样安慰大家。

夏天的时候,妈在屋后开辟了一块菜园,种了各种各样的蔬菜。菜园紧挨着小木屋,白天的时候,鹿不敢跳进来偷吃蔬菜。到了晚上,杰克就会尽职尽责地守护菜园。有几个早晨,劳拉去菜园查看,发现胡萝卜和卷心菜地周围,有小小的脚印,在这些小脚印出现的地方,同时也有杰克的脚印。看来,鹿群刚刚跳进菜园,就被杰克赶出去啦。

天气越来越冷,水都开始结冰了。蔬菜也都长成了,劳拉来了一个大丰收,把土豆、胡萝卜、甜菜、芜菁,还有卷心菜,都收到地窖中去了。

阁楼和地窖很快装满了过冬的食物。你看,阁楼上,洋葱被编成一串一串的,悬挂起来;红辣椒也用绳子串好挂在洋葱旁;一堆一堆的南瓜和笋瓜,整整齐齐地码放在角落里,有的黄,有的绿,还有的透红,看着都让人高兴。地窖里,木桶里装着鱼,架子上摆满了一层又一层的金黄色乳酪。

一天,亨利叔叔骑着马来了,他从大森林外来,专程来帮爸爸杀猪的。在这之前,妈已经把杀猪刀磨得十分锋

利，而亨利叔叔也自备了波莉婶婶准备的杀猪刀。

在猪圈旁边，爸和亨利叔叔生起了一堆篝火，篝火上面烧着一大锅水。等到水烧开了，就是杀猪的时候。每到这个时候，劳拉都会跑进木屋，跳上她的小床，用被子死死地蒙住头。虽然爸说，他和亨利叔叔会尽快结束猪的性命，不让猪太痛苦，但是劳拉还是不想听见猪临死前那撕心裂肺的嚎叫。

虽然杀猪让劳拉觉得很不舒服，但是杀猪时的趣事可不少。一家人都忙碌着，猪身上也有劳拉想要的玩具，比如猪尿泡和猪尾巴，这两样东西，是爸爸答应要留给劳拉和玛丽的。所以，过了一会儿，劳拉听到猪的叫声没有了，她就会立即跑出来，加入到大家中去。到了晚上，就能吃到猪排骨了。

猪一断气，爸和亨利叔叔就合力把它扔进开水里。等猪的全身都被烫透，他们又把猪架到木板上。爸和亨利叔叔开始给刮猪毛，等猪毛刮净，再把猪吊在树上，开膛破肚，把猪的内脏清理出来。这些活儿都干完后，猪还要吊在那儿，直到它变凉。

猪的身体凉透了，爸和亨利叔叔就会把它大卸八块。

腿肉、肩肉、肋骨肉、排骨、肚肉、猪心、猪肝、猪舌头一一分好。猪头交给妈，妈会把猪头做成猪头肉糕。还有差不多一盆的碎肉，它们可是制作腊肉丸子的最佳原料。

分好的猪肉，全都放在后门外的一个小木棚里。木棚里有块木板，妈就把猪肉整齐地摆放在木板上，均匀地往猪肉上涂盐。腿肉和前夹肉要特别处理，需要在盐水里先浸泡一段时间。然后，这些肉也将像制作熏鹿肉一样，制成熏猪肉。爸再次强调："用山核桃木熏肉，味道就是不一样。"

爸把猪尿泡拿出来，用嘴巴往里吹气，它就变成了一个白色的小气球。接着，他在吹气的地方绑上一条细线，这样气就不会漏出来了。很快，一个新的玩具就做好了。玛丽和劳拉可以把气球抛到空中，也可以拿来拍，气球一会被拍到这边，一会被拍到那边，有趣极了。除此之外，气球也可以当做足球来玩，因为它可以在落地后弹跳起来。发现了这个新玩法后，劳拉和玛丽便放弃用手玩，而是选择用脚，把气球踢来踢去。相比之下，她们更喜欢玩烤猪尾巴。爸小心翼翼地给猪尾巴剥皮，然后把一根棍子的一头削尖，再插到猪尾巴相对较粗的一端。在这之后，妈将火炉前边的门打开，火炉里躺着火红的炭块，妈取出

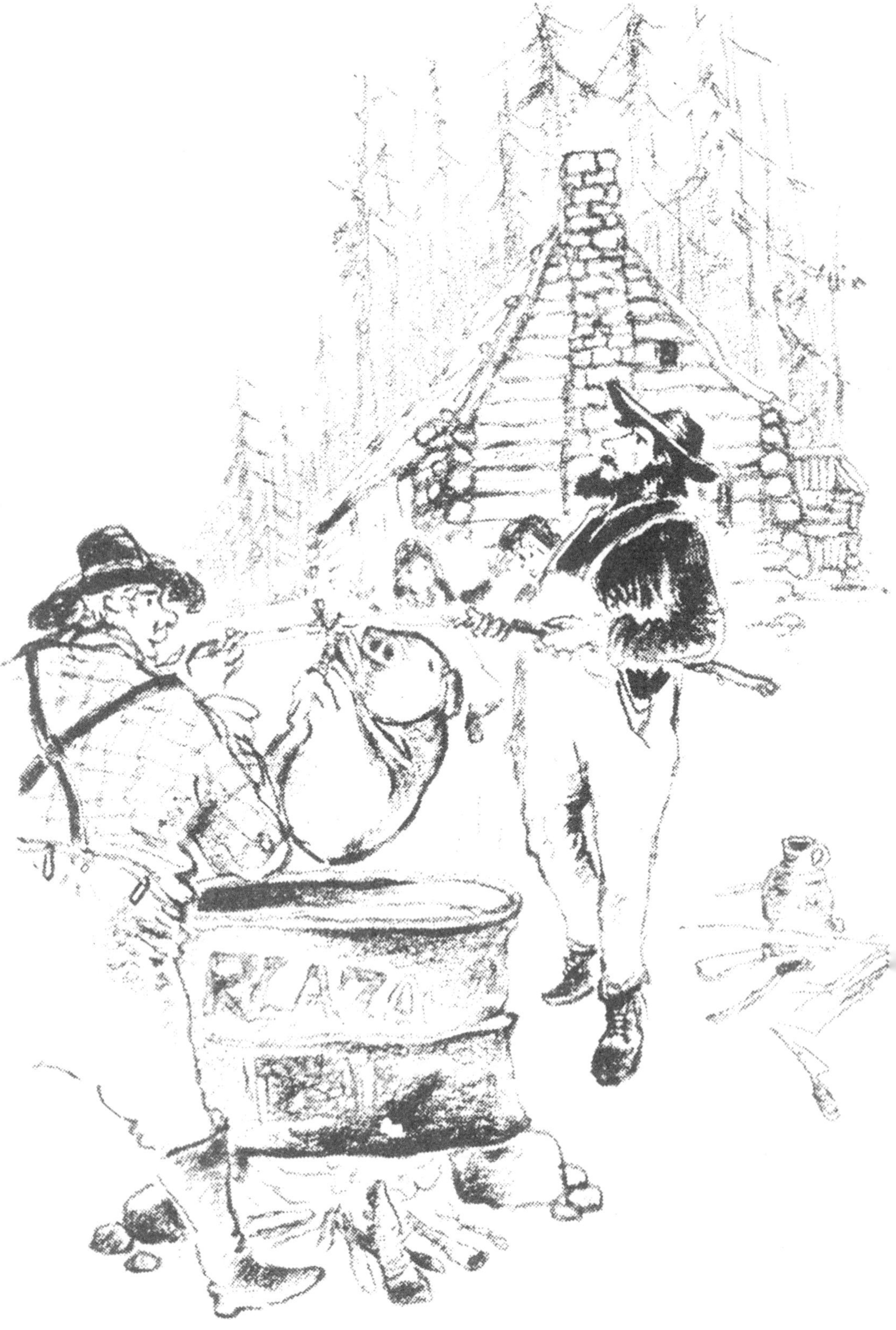

一些放在火炉前面,那里有一块铁地板,这下子劳拉和玛丽可以玩炭火烤猪尾巴了,她们把猪尾巴上插着的木棍拿在手里,然后交替着烤。

烤猪尾巴的时候,会一直发出嗞嗞的声音,猪尾巴上冒出来的油落到炭火上,便会马上烧起来,发出噼啪的响声。然后,妈将盐撒在上面。在炙热的炭火旁,劳拉和玛丽觉得很暖和,手和脸蛋都热起来了。不过劳拉不留神烫到了手指,但她很开心,丝毫没有感受到疼痛。烤猪尾巴实在太有意思了,就算是两个人交替着烤还是不过瘾,想要让两个人烤的时间完全一样很难做到呢。

烤猪尾巴完工啦!猪尾巴的每个位置都变成了黄色,散发出浓浓的香味。劳拉和玛丽想让猪尾巴更快冷却,便来到庭院里。可猪尾巴还没凉透,她们小肚子里的馋虫已经抑制不住啦,滚烫的猪尾巴烫到了她们的舌头也毫不在意。

劳拉和玛丽把猪尾巴啃得只剩下骨头了,骨头成为了杰克的美食。就这么一会儿,猪尾巴一点儿也不剩了,想要再次吃猪尾巴,还要等到下一年才行。

晚饭过后,亨利叔叔便走了,爸再次去森林深处狩猎。不过,杀猪的工作还远远没有结束,留给妈、玛丽和

劳拉的活还有很多，尤其是妈，需要做很多工作，劳拉和玛丽也需要帮妈分担一些。

随后的几天，妈在火炉上面放着一口大铁锅炼制猪油。劳拉和玛丽负责捡柴，并且帮妈留意炉火。要保证炉火很旺，才能炼制猪油。但是也不能过旺，否则猪油可能会被烧着。猪油在大铁锅中一直翻腾着，妈时刻留意着大锅，以免猪油被烧焦。每过一段时间，猪油表面就会浮起一些油渣，妈将它们捞出来，然后用一块干净的布包起来，用力挤压，直到油渣里的猪油全部被挤干净。剩下的油渣留着做玉米饼时用。油渣是极好的调味品，味道棒极了。不过妈只允许劳拉和玛丽吃一点点，油渣过于油腻，小女孩吃多了不好。

然后，猪头肉糕即将出场啦。妈认认真真地刮干净猪头上的毛，彻底清洗干净后，放进沸水里煮，要把骨头上的肉完全煮掉才行。之后，把猪头肉丢进木钵里剁，剁成很细的碎肉，然后加入胡椒、盐巴、香料等调味品。将猪肉的汤和碎肉混合在一起，倒进平底锅中，让它慢慢冷却。冷下来之后，再用刀切片，要切得薄薄的。经过这些工序后，猪头肉糕便做好了。

分割猪肉的时候还剩下很多碎肉，无论肥瘦，妈都没有浪费，全部混在一起，一遍又一遍地剁。当所有碎肉都变得非常细才停下来，然后加入盐，胡椒，干鼠尾草叶（从菜园里采的），用两只手反复搓，使肉馅、调料充分融合在一起，就可以开始捏肉丸子了。妈把捏好的小肉丸摆在木棚中，里面放着一个平底锅，上面的肉丸会在严冬中被冻得硬硬的，绝不会变质。劳拉口中的腊肉丸子就是指这个。

当杀猪后的所有工作都完成后，放眼望去，小木屋里全是食物，有腊肉丸子、猪头肉糕、几大罐猪油，还有腌猪肉，看起来白白的。除了这些，阁楼上也满满的，熏制好的火腿，前夹肉，鹿肉都挂在那里。这么多好吃的食材，保证了劳拉一家能够美美地过完这个冬天。整个小木屋都满了，无论是食物储藏间、木棚屋子、地窖，还是阁楼。

冬天实在太冷了，劳拉和玛丽玩耍的地方只有屋子里，外面寒风刺骨，泛黄的树叶在瑟瑟的寒风中飘落。炉火不停地烧着，大家休息时，爸在炭火上盖上炉灰，这样炉火可以支撑到第二天，妈还可以做早点用。

阁楼上好玩极了。阁楼上放着许多很大、很圆、很好看的南瓜，劳拉在这里玩时，这些正好能当椅子、桌子。

辣椒火红火红的，洋葱紫紫的，一串串挂在头上。火腿和鹿肉用白纸包得严严实实，一块块吊在房顶上。干药草和香料也挂在上面。还有一些药草味道很苦，但却有药到病除的功效。阁楼存放着各式各样的东西，各种味道混杂在一起，闻起来既辛辣又呛人。

窗外的风咆哮着，带来冬日的严寒。而在窗户的另一边，劳拉和玛丽在阁楼里开心地玩着过家家，西葫芦和南瓜是她们新的游戏伙伴。在她们眼中，身边的所有事物都是暖和的，舒服的。

玛丽比劳拉年长一些，她的布娃娃叫"内蒂"，已经有些旧了。但是劳拉连旧娃娃也没有，她的玩具是一个玉米棒，外面包着手绢。不过这个玉米棒很乖，劳拉叫它"苏西"。苏西是玉米棒的事情并不怪它。偶尔，玛丽允许劳拉去抱内蒂，可劳拉都是趁苏西不注意赶紧抱抱。劳拉担心苏西知道后会觉得它被嫌弃了。

冬季的一天很漫长，夜晚是最愉快的。晚饭结束后，爸从后门外的棚屋取出捕兽器。他靠在火炉上给捕兽器擦油，擦得锃亮。接着，爸拿出一支羽毛，在熊脂油里沾一点儿，将捕兽器片上的铰链、弹簧擦得亮亮的。

捕兽器分为小号和中号。有一种大号捕兽器是为了

大森林里的小木屋
Little House in the Big Woods

抓熊特制的，这种捕兽器夹片上带有锯齿，倘若有人不留神，腿被夹在里面，那么这个人的腿就断了。爸在擦捕兽器的同时，还会给女孩们讲故事或者笑话。等到捕兽器擦好后，爸会一边拉小提琴，一边给女孩们唱歌。

小木屋的窗户和大门都紧闭着，窗框和大门的接缝处都塞上了布条，避免冷风刮进小屋。不过，小木屋里的黑猫苏珊却不受束缚，它不停地在屋里窜来窜去，无论白天还是黑夜。在前门的最下面，有一个供猫进出的洞，苏珊的身影总在这里出现。苏珊跑得非常快，在她通过猫洞的活动板时，门板会顺着它脊背的弧度往下滑，绝不会把尾巴夹进去。

某晚，在爸擦拭捕鼠器时，苏珊从猫洞钻进了屋里。爸看到后说："以前，某人饲养了两只猫，一只大的，一只小的。"女孩们知道爸要讲故事了，便马上跑到他身边，在他膝盖上一靠，专心望着他，准备继续听。

劳拉跑过去后，爸将刚才说的话又说了一遍："某人饲养了两只猫，大小各一只。于是，他的门上被开出了两个洞，供猫进出。大猫用大洞，小猫用小洞。"爸说到这里停顿了。

玛丽说道："为什么小猫不能……"

劳拉立刻接话道:"绝对是大猫很凶,不让小猫用大洞进出。"

爸严肃地说:"劳拉,在其他人还没说完的时候插嘴是不礼貌的行为。这样做是不对的。"

爸又说道:"但是,我觉得你们的小脑袋都比那个养猫人聪明!"

说完这些,爸的捕鼠器已经擦好了,他把捕鼠器摆到身边,拿出琴匣子,取出小提琴,拉了一首美妙的乐曲。这样的夜晚太愉快了!比一天中的任何时候都开心!

冬日里的白天和夜晚

下雪了！这是今年冬天第一次下雪，天气更冷了。天一亮，爸要赶往森林深处捕猎，随身带着枪和捕兽器，整整一天都需要在那儿。在小溪的沿岸，爸设下一些捕兽器，都是小号的，可以捕捉经过的麝鼠和貂。中号捕兽器被设在树林中，狐狸和狼经过这里的话会被夹住。爸也在森林里设下了几个大号捕兽器，倘若有的熊还没钻进洞穴里睡大觉，那么大号捕兽器说不定能夹住它。

一天清晨，爸很意外地早回家了，他用最快的速度将

雪橇套在马上就走了。原来是一头熊落网了！女孩们知道后高兴极了，一边拍手一边跳，幸福得要飞到天上了！玛丽喊起来："熊腿给我吃，全部给我！"事实上，玛丽对熊腿的大小完全没有概念。

爸抓到了一头熊、一头猪，一起放在马车上拉了回来。其实，早上他带着一个大号捕兽器，抢扛在肩上，在森林里细致地寻觅着，不放过任何动物留下的足迹。他面前有一棵大松树，厚厚的雪压在上面。爸绕到树后，看到松树的后方有一头熊。

熊的旁边躺着一头死猪，熊打算拿它当早饭。爸向劳拉她们叙述当时的情景，熊那时是站着的，后腿将身体支撑起来，两只前爪灵活得如同人手一般，拿着死猪正准备吃。

爸向熊射击，打中了！可却不知道猪来自哪儿，也不知道是哪家哪户饲养的。

爸说道："在这样的情况下，我就连猪一起带回家了，可以制成腊肉留着以后吃。"

小木屋里存储的肉更多啦，够这一家人吃很久。冬天的时候，无论白天还是黑夜，外面都异常寒冷，猪肉存储在食物箱中，熊肉则放在后门外面的小木棚中，全都冻得像石头一样硬，完全不可能变质。

倾若今天准备吃肉，爸便拿起斧子，从硬邦邦的熊肉或猪肉上砍下一块。倘若大家准备吃腊肉丸子、咸肉，或者熏制的火腿、鹿肉等食材，妈就亲自去木棚、阁楼把它们拿出来，爸就不用出马啦。

雪一直下着，小木屋的周围全部堆满了雪，很高很高。早上，雪白的霜会在玻璃上凝结出许多好看的图案，有的像树，有的像花朵，有的像小精灵。

妈对女孩们说，这些好看的图案都出自霜精灵之手，在大家熟睡的时候悄悄画在窗户上。劳拉开始幻想霜精灵的样子，它肯定像冰雪一样洁白，个子小小的，头上顶着雪白又亮闪闪的礼帽，穿着白色鹿皮制成的高筒软靴。连外套和手套都是白色的。它和爸不一样，背上没有枪，而是闪闪发亮的雕刻器具，用它们在窗户上留下最好看的图案。

妈同意女孩们用她的顶针，劳拉和玛丽画出各式各样的圆环，把玻璃窗都填满了，可爱极了。但是，霜精灵留下的图案被她们细心地保留下来，她们不会破坏那些画儿的。

小女孩们将嘴巴贴在窗户近处，将热气呼在玻璃上，

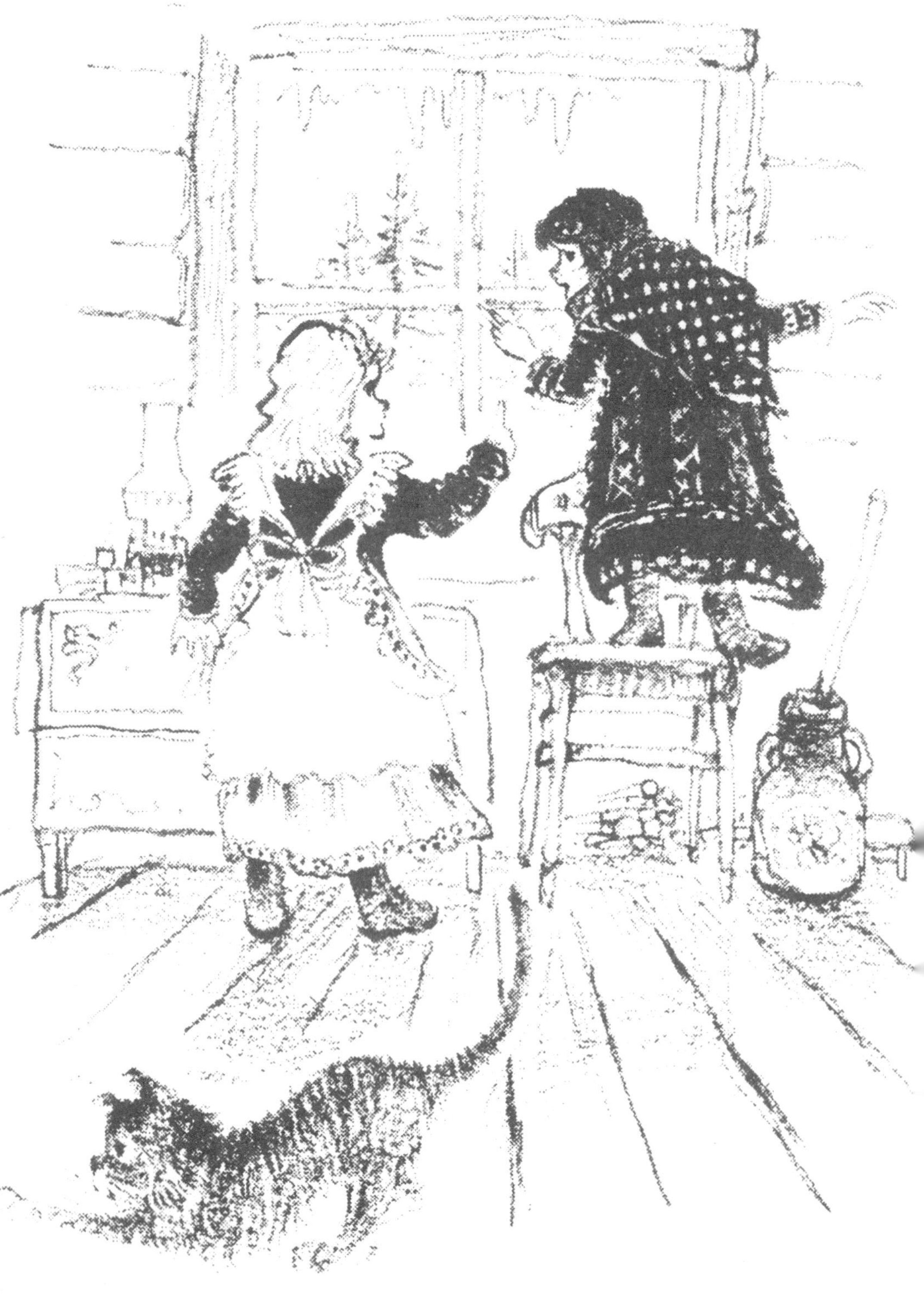

白白的霜受热融成水，一缕缕从窗户向下流。玻璃窗户是透明的，可以清楚地看到门外堆着的雪，黑乎乎的秃树，它们蓝色的阴影映衬在雪白的大地上，很淡很淡。

女孩们都很勤劳，时刻想着帮妈分担些家务活。比方说，擦盘子是每天清晨必须做的。玛丽擦的盘子相对较多，劳拉少一些。因为玛丽年长一些，但是劳拉在擦小杯子、小盘子时非常认真。

所有盘子都擦好后，妈一一摆放整齐。下一步是整理她们的床，也就是那张安着滑轮的小床。劳拉和玛丽各站在床的一端，一起铺平床单，再细致地整理床脚和床边垂着的地方，接着，用力拍打枕头，直到枕头变蓬松之后再放回床头。之后，需要借助妈的力量重新将小床恢复原位，放在大床的下头。

完成这些后，妈也要开始忙了，今天的家务活都排满了。礼拜一到礼拜日都有相应的家务活需要做。妈告诉女孩们：

礼拜一，清洗衣服

礼拜二，烫衣服（主要是自己和爸的）

礼拜三，缝补衣服

礼拜四，制作黄油

礼拜五，打扫所有房间

礼拜六，在女孩们的协助下烤面包

礼拜日，一起休息。

一礼拜的时候很长，不过在做黄油和烤面包的日子，劳拉觉得非常有趣。

冬季实在太冷了，奶油失去了以往的黄色（夏天是黄色的），搅匀后看起来有些白，颜色不够美观。妈想要做出色香味都好的食物，因此，在冬季会想办法在黄油中添加"颜料"。

妈把奶油装进深罐子，开始搅拌，接着将罐子放在火炉旁边，让它慢慢加热。妈拿出一根很长的胡萝卜，这根橘红的胡萝卜已经被彻底洗净了，她小心翼翼地将外皮刮干净，再取出一口特殊的旧平底锅，锅底被钻出许多小孔，那是爸拿钉子钉的。妈在切菜台上将胡萝卜摆好，再用布满小孔的锅底在胡萝卜上来回刮擦。起初，被刮掉的还是比较粗的胡萝卜丝，妈没有停下来，继续刮着。直到胡萝卜丝都能通过小孔滑出去。当妈将平底锅拿到一边时，下面原本放着的胡萝卜不见了，变成了一堆胡萝卜泥，软软的，汁水充足。

牛奶装在锅里，妈将胡萝卜泥掺到牛奶里，然后用火炉加热。当牛奶热起来后，再一股脑将掺着胡萝卜泥的牛奶同时装进布口袋。接着，牛奶开始呈现出鲜黄色，妈把它们挤进罐子里，就是起初装奶油的罐子，这样，原本在罐子中的白色奶油变成了黄色。

就这样，胡萝卜牛奶被一点不剩地挤完了，妈答应女孩们，可以吃袋子中剩下的胡萝卜渣。玛丽认为年长的自己理应多吃点，但劳拉也有自己的理论，认为小的才理应多吃点，做姐姐的玛丽需要谦让妹妹。但是，妈告诉她们，两个人应该平均分。胡萝卜渣太好吃了，姐妹俩都特别喜欢。

黄油制作好了以后，妈拿出很长的搅拌棍，先浇上开水消毒，接着从搅拌罐子的口伸进去，盖上搅拌罐的木质盖子，盖子正中心有个圆孔，木棍正好穿进去。妈拿着一头，另一头在妈的控制下全方位搅拌。搅拌一段时间后，妈会觉得累，于是换成玛丽继续搅拌。但是劳拉做不了这个活儿，对她而言棒子太重了。

罐子里的奶油随着搅拌会从木盖上的孔中溢出来，那些奶油浓郁又细滑。过一段时间，奶油有结成颗粒的趋

势，在这个时候，妈会放慢搅拌的速度，在后续搅拌的过程中，黄油结出了一些细小的颗粒，附着在木棍上。接着，妈将木头盖子打开，一大团金黄的黄油块便出现在劳拉眼前。妈拿着木勺，一股脑将黄油块捞出来，移到一个木钵里，不停用凉水洗，一边洗一边拿木勺翻面，等到洗黄油的水不再混浊，妈才停下来，将少量的盐撒在黄油上。这个时候，到了制作黄油过程中最有趣的部分。妈拿出模子，即将开始压黄油饼了。模子是木质的，在底部雕刻有图案，是有两片叶子的草莓。

妈拿出一根又厚又扁的木片，将模子里的黄油使劲压实，感觉模子里的黄油即将要往外溢了，然后将模子上下颠倒，把黄油扣在盘子上，模子的底部有一个把手，此时，将把手按压下去，小黄油饼就成型了，硬邦邦的，金灿灿的。模子底部的草莓图案也印在上面，好看极了。

这时，劳拉和玛丽各站在妈的两边，使劲往前靠，连眼睛都不敢眨，喘气都小心翼翼的。黄油块一块接一块地被装进模子中，带有草莓图案的黄油饼也连续不断地被扣在盘子里。做完黄油饼之后，女孩们还各自得到了一杯刚出炉的乳酪。

礼拜六是烤面包的日子，妈会分给劳拉和玛丽每人一块不大的生面团，她们可以亲自制作小面包。有时妈还会给她们一些特殊的小面团，用来制作甜饼。有一次，劳拉还用小平底锅制作出了烤馅饼。

全天的活儿都做完了，妈拿出纸来剪裁纸娃娃。女孩们很喜欢这些好看的纸娃娃。妈先准备好白色硬纸板，用笔在上面画出纸娃娃的轮廓，之后拿铅笔将纸娃娃的面容画出来。接着，妈用各种颜色的纸剪裁成娃娃的裙子、帽子、蕾丝花边等装饰物，颜色多样，种类也很多。女孩们玩得特别高兴，在这些装饰物的装点下，没有别的纸娃娃能比她们的还漂亮。

女孩们觉得最开心的时间，仍然要数晚上。夜色降临，爸爸便会回来。

每一天，爸都要走过堆满积雪的森林，赶回家里。到家之后，他全身都是小冰疙瘩，连胡须尖上也有。进门后，第一件事是把枪挂在门边。接着，将厚实的毛片帽子、外套、连指手套一一脱掉，然后朝屋里喊道："我的一小口蜜酒呢？快出来吧！"劳拉便是爸口中的"一小口蜜酒"，在他心目中，劳拉非常伶俐、乖巧。

温暖的壁炉是爸回家后暖和身体的地方，等爸一坐下，女孩们便一起跑过来，坐在爸的膝盖上。爸暖和一小

会儿，便再次将厚实的毛皮外套、连指手套穿戴整齐，走到屋子外面，为妈分担些重活，搬很多柴火到屋里来，给屋里的炉火作燃料。

平常，爸出门之后总是沿着设置捕鼠器的位置观察一下，倘若没有猎物被夹住，便会早早折返回家；倘若早早就能有收获，爸会带着猎物早些回家，然后就可以腾出更多时间陪女孩们一起玩。"疯狂的狗"这个游戏是爸和女孩最中意的。爸用手在头上一通狂抓，他的头发是棕色的，而且很多，被抓过之后看起来乱糟糟的。他趴在地上用手和脚支撑着，一边不停地大吼，一边追赶女孩们，劳拉和玛丽在屋子里四处逃窜。爸扮演的"疯狗"厉害极了，女孩们总是被追得逃到墙角。

女孩们跑得非常快，犹如生活在森林中的小鹿一般。但是，爸扮演的"疯狗"多次把女孩们追得无路可逃，不得不退到位于火炉后方的木箱子前。爸就堵在面前，女孩们既绕不过去，又无处可逃，剩下的唯一办法就是投降了。

爸扮演的"疯狗"发出可怕的吼叫声。头上的棕色头发乱糟糟的，眼睛里透出恶狠狠的目光，完全和疯狗没有区别。玛丽吓坏了，身体僵在原地。爸慢慢地凑近女孩们，劳拉忽然发出刺耳的尖叫声，把所有力气都使出来了，跳上了木箱，快速翻了过去。在这样的紧急时刻，她没有将玛丽丢下，在跳上木箱的同时拉起玛丽，一起翻了过去，就这样，女孩们成功逃脱了。一瞬间，刚才的"疯狗"不见了，剩下的是慈祥的爸，他站在原地盯着劳拉，蓝色的眼睛里放出光亮，看上去非常兴奋。爸说："我亲爱的宝贝，你做得太好了！"爸的目光仍然停留在劳拉身上，说道："我一直把你当做一小口蜜酒，什么时候你已经这么棒了！你就像阿肯色小马驹一样强壮啊！"这时，妈不悦地说："查尔斯，你这样会吓到她们的！瞧，她们已经吓得瞪大眼睛了！"爸用眼睛瞧着女孩们，然后将小提琴取出来，悠扬的歌声伴着琴声响起：

愚蠢的美国佬攻进城，
穿着斑纹的裤子，
他告诉上帝，
我的眼中没有出现城，
看到的是许许多多紧挨着的房门。

歌声传进了女孩们的耳朵，她们马上忘记了"疯狂的狗"的游戏。

小木屋的故事
Little House Books

>沉重的大炮摆在面前，
>炮筒粗得和树干差不多。
>如果你想挪动它，
>必须借助两辆牛车才行。
>军人们每开一炮，
>要用一牛角火药呀。
>开炮的噪音像老爸的猎枪，
>吵得就像美国人在集体叫喊。

爸在唱歌的同时，还用脚轻拍着地板。劳拉也忍不住了，举起小手随着节奏愉快地打着节拍。

>我的歌里唱的是蠢笨的美国佬，嗨……嗨……
>我的歌里唱的是蠢笨的美国佬，我的歌里唱的是蠢笨的美国佬，嗨……嗨……
>我放开喉咙歌唱蠢笨的美国佬！

冬季，小木屋显得格外孤单，矗立在冰雪覆盖的大森林里，周围全都弥漫着寒冷的气息。但是，小木屋的里面非常非常的暖和、舒适，充满了欢笑。劳拉一家人开心地居住在这里，舒服极了！

夜幕降临了，火苗在火炉里跳跃，散发出热气和光亮。身边没有冰冷，没有黑暗，也没有凶猛的动物，那些东西统统都在外面。火炉前暖和极了，浑身长着斑点的老斗牛犬杰克和黑猫苏珊懒洋洋地躺着，看着跳动的火苗，不时地眨眨眼睛。

火炉旁边放着一把摇椅，妈坐在那里做针线活，桌子上摆着一盏煤油灯，为干活的妈提供一些光亮。煤油灯看起来很亮，爸在底部的玻璃盏上涂了一层盐，避免煤油灯发生爆炸。除此之外，一些红色的法兰绒碎片被妈掺杂在了盐中，经过装点后看起来格外好看。劳拉目不转睛地盯着煤油灯，觉得它实在太美了！

盯着煤油灯看是劳拉的乐趣，妈将灯的玻璃罩擦净，里面闪耀着光。火焰是黄色的，在油灯里一闪一闪的，煤油其实是无色的，不过妈放在玻璃罩里的法兰绒是红色的，煤油也被映红了。盯着火炉里的火苗看也是劳拉的乐趣，火苗一直跳来跳去，火炉里堆着的木炭有的被烧成金色，有的被烧成深红色，火苗在这些木炭上不停摇摆着，犹如舞动的精灵，一直改变自己的颜色。有时显现出黄色，有时显现出红色，有时又神奇地显现出绿色和蓝色。

这时，爸讲故事的时间到啦！

当女孩们缠着爸，请求他讲故事时，爸便将强壮的胳膊伸出来，抱着两个女儿，然后将她们放在膝盖上，把脸靠近她们的脸搔痒痒，他那棕色的胡子又长又密，弄得女孩们痒极了，忍不住哈哈大笑。这时，爸的眼中有光亮在闪烁，透过他那蓝色的眼睛照进劳拉心里，那是愉快的光亮！

一天晚上，黑猫苏珊正懒洋洋地趴在壁炉前，爪子有时候往外伸，有时候收回，爸看到后将女孩们叫到身边，说："知道吗，事实上豹子相当于一只体型硕大、身体强壮的野猫。"

劳拉回答："不知道呀。"

爸又说："其实就是一只猫，你们发挥想象力，把苏珊想成块头比杰克大，叫声也比杰克凶狠的样子。那就和豹子差不多了。"

女孩们被爸坚实的臂膀支撑着，这样她们坐着觉得很舒服，然后爸继续刚刚的话："接下来，我要告诉你们一个故事，是关于爷爷和豹子的。"

劳拉很疑惑："爷爷？是爸的吗？"

爸回答："不，是劳拉的爷爷，那可不是我的爷爷，是我的爸。"

劳拉明白了。她把身体扭动了一下，紧紧地挨着爸的胳膊。爷爷，她以前听过的，在离他们很远很远的大森林里，坐落着一座比他们的房子大得多的木屋，那就是爷爷的家。这时，爸要开始讲了。

爷爷一天因为有事需要进城一趟，忙到很晚才准备回家。他骑着马，在森林中赶路，这时夜幕已经降临，四周一片漆黑，很难辨认方向。忽然，豹子的嘶吼声传入了他的耳朵。由于这次出门没有随身带枪，他感到很恐惧。

劳拉很好奇，问道："豹子的嘶吼声是什么样的呢？"

爸回答："和女人的吼叫差不多，我学给你们看看。"接着，爸模仿着豹子的声音嘶吼了几声，女孩们被这叫声吓坏了，不禁一直颤抖。

坐在摇椅上的妈看到后一下子站起来，说："查尔斯，你不能总是这样，看把孩子们吓的。"

但是，女孩们虽然被吓到了，可是却觉得爸假装野兽的样子非常有趣。

"爷爷的马也受到了惊吓，驮着背上的爷爷不停奔跑。可是即便这样，豹子依然紧紧跟在他们后面，在黑漆漆的森林中不停追赶，爷爷知道，这只豹子肯定饿坏了，迫切

需要食物。它的速度和马不相上下，穿梭在路的两边，有时到一边嘶吼，有时到另一边呼噜呼噜地叫，非常吓人。就这样，豹子始终尾随着爷爷和他的马。

"爷爷夹紧马鞍，把身体尽量向前倾，两腿将马肚子夹紧，让马再加快一些。马使出浑身的劲拼命跑着，可身后的豹子依然尾随着，一边嘶吼一边追赶。

"这时，这只豹子高高跃起，跳过树梢，爷爷这下清楚地看到了豹子的模样，它差不多是直接从爷爷的头顶跳了过去。这只豹子体型硕大，浑身是黑色的，它跳的样子就像苏珊抓老鼠那样。但是它很大很大，苏珊在它面前显得非常小了。这只豹子的体型非常大，如果一下子把爷爷扑倒的话，他肯定会丧命在豹子的利爪和尖牙下。

"爷爷依然保持俯身的动作，希望马跑得更快一些。如同老鼠遇见猫似的，不停地向家奔逃。

"豹子停止了嘶吼，爷爷在黑暗中没办法辨别豹子的位置。可是爷爷能确定豹子还尾随着他，它企图利用森林中的漆黑掩盖自己，找到机会后就会马上扑过来。马不停地狂奔，将全身的力气都用上了。

"仿佛已经过了很长时间，终于到了爷爷的家。爷爷扭头看豹子，就在这个时候，豹子猛地向他扑来。爷爷迅速从马背上跳了下来，使劲撞向木屋的门，门开了之后，丝毫不敢做任何停留，进到屋里，随即转身一下子将门紧紧关住。这时，豹子扑到了马背上。这可把马吓坏了，发出凄惨的嘶叫声，迅速一转身，逃命似的朝森林深处奔去。豹子并没有放过马，牢牢地在马背上扒着，还伸出利爪在马背上狂撕。在这紧急的时刻，爷爷将悬挂在墙上的枪迅速拿起，一个箭步来到窗前，开枪射死了豹子。

"从此之后，爷爷经常提起，倘若不带枪的话肯定不会到森林里去。"

讲故事的过程当中，女孩们吓坏了，浑身不停地颤抖，紧挨着爸的臂膀，不停地往爸怀里钻。这会儿，坐在爸腿上的女孩们被坚实的臂膀用力抱着，保护着，她们觉得非常安心。

壁炉暖和极了，在壁炉前，劳拉和玛丽舒服地坐在那里，黑猫苏珊将身体蜷在一起睡觉，还打着呼噜，声音很轻。苏珊旁边躺着听话的杰克，它不断地伸懒腰。倘若遥远的地方有狼在嚎叫，杰克马上将头抬起来，警惕地注意着四周，连背上的毛都竖起来了。但是，女孩们却不担心这些，她们的小木屋又暖和又舒服，那些来自屋外的几声嚎叫，对她们来说是在外面，在又黑又冷的大森林里，没

什么可害怕的。

  圆木制成的小木屋非常牢固,女孩们待在里面非常暖和、舒服。小木屋外的积雪逐渐加厚,越堆越高,四周一片空旷,回荡着呼呼的风声,或许这些风是在抱怨,因为自己不能进入小木屋,不能守着壁炉暖和暖和。

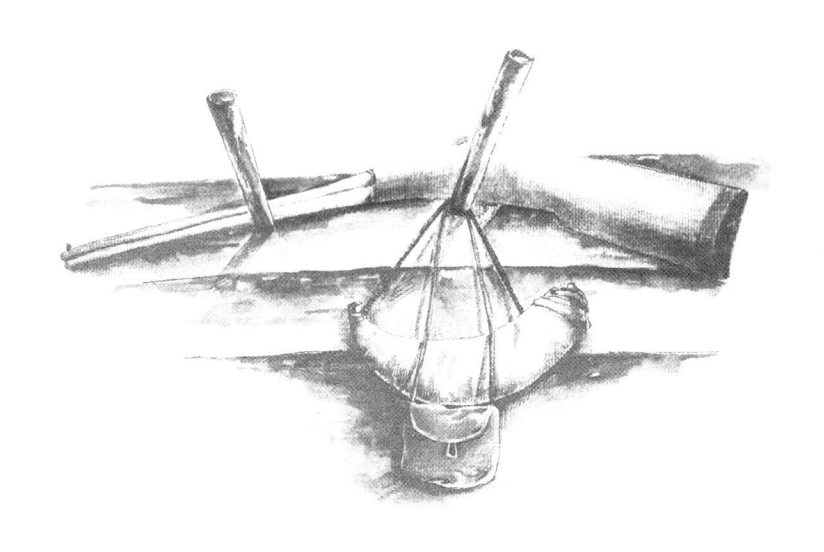

爸的长枪

当暮色降临时，爸就要开始准备明天狩猎要用的子弹了。等子弹都做好了，才是给女孩们讲故事的时间。不过女孩们非常乐意帮爸一起做子弹。爸打开工具箱，取出带着长把手的大汤勺，一个盛铅粒的铁盒子，铁盒子被装得满当当的。还有一个做子弹的模具。爸拿着这些往壁炉前一蹲，正式开始做。熔铅是第一道工序。劳拉靠在爸的一边，玛丽则靠在另一边，两人都盯着爸拿着的大汤勺。爸舀出几个铅粒，再把手移到汤勺的长把手上，把盛着铅粒

的勺头放在炙热的炭火上烤。慢慢的,铅粒熔化了,变成了铅液。爸把模具摆在地上,然后将汤勺里的铅液倒进模具的小洞里,把盖子合上。没过多久,爸就打开了模具,一粒闪着亮光的子弹便做好啦,掉落在壁炉前的铁板上。

新子弹刚刚出炉,很烫很烫。爸告诫女孩们,一定不能在子弹刚做好时就去碰,即使轻轻摸也不可以。可是,地板上的新子弹亮闪闪的,非常吸引人,女孩们按捺不住好奇心,便将手伸过去摸。可想而知,在她们的手碰到子弹的瞬间,手指就被烫伤了。但是女孩们忍耐着,不喊也不叫。其实爸之前已经提醒过她们了,倘若在这之后还是被烫伤了手指,要责怪的话,也是她们没有牢记爸的提醒。因此,女孩们默不吭声地含住受伤的手指,轻轻吸一吸,等到手指变凉之后,再满心欢喜地跑回爸身边,观察着爸制作出更多闪亮的新子弹。

爸停下了手上的活,因为在壁炉前的地板上,一个个闪着亮光的子弹已经堆得像小山一样高了。爸告诉女孩们,接下来,这些堆在地板上的新子弹粒会慢慢变凉。然后他拿出小折刀,认真地清理子弹模具,将存留在小洞里的铅末全都刮出来,小心地将铅末积攒在一起,下次做新子弹粒时还可以继续用。过了一会儿,新子弹粒都变凉了,爸打开子弹袋,女孩们负责将堆在地板上的子弹粒全都放进去。爸曾用枪打死过一头雄鹿,妈便用它的皮制成了子弹袋,好看极了,而且也耐用。

新子弹粒都装完了,爸从墙上取下猎枪,将枪身擦干净。屋外的森林是冰和雪的天地,猎枪被爸带出去了一整天,枪身上附着了一点儿湿气,枪管是装火药的地方,射击时产生的烟灰也会粘在上面。枪管的下方是推弹杆,爸把它整根抽出来,然后拿出一小块干净的布系在它顶端,立起枪,枪口对着上方。壁炉前的地板上摆着一个铁盘子,爸把枪放在盘子里面,拿起正烧着水的茶壶,一股脑将里面的开水全都倒进枪管里,再迅速将推弹杆装回原位,不断上下交替着抽动,就这样,从枪管上的小孔里一直向外喷黑色的热水,将热水染成黑色的就是枪管中的烟灰。

爸一次又一次地将沸腾的水倒进枪管里,然后一次又一次地抽动系着碎布的推弹杆,等到小孔里不再流出黑水时,表示枪管里面被彻底清洗干净了。可是,女孩们不明白,为什么一定得用非常烫的开水呢?原来这样做是为了尽快晾干枪管里的水,即使是寒冷的冬天,这个办法也非常管用。然后,爸拿出一块碎布,沾上油,再包住推弹杆。在枪管还没冷却的时候,借用推弹杆给枪的内部上油。接着,爸又用一块干净的布沾上油,认真擦拭枪身,

连扳手也没有落下，每个位置都被擦得亮晶晶的。爸提起枪托，来来回回用力擦，连枪托上面的木头都被擦得亮闪闪了！

爸准备把新子弹装到猎枪里，他需要劳拉和玛丽给他当小助手呢。爸直挺挺地站在那，如同大树一般，将猎枪紧握在手中，枪口向上，两个女孩各站在他的一侧。爸对她们说："看着我，孩子们，一定要仔仔细细地看，倘若我出错了就马上跟我说。"女孩们照爸的话去做，仔仔细细看着爸把新子弹粒装进猎枪里，眼睛都不敢眨巴。但是，爸连一次错都没有出过，劳拉拿起表面被打磨得非常平滑的牛角，将它递给爸，牛角是用来盛火药的，牛角尖的位置有一个不大的金属盖子。爸抖出一些火药，放到盖子中，十分谨慎地将这些火药装到枪管里，然后微微摇晃枪身，在枪管的位置拍几下，促使装进去的火药落到枪管的最底部。

爸问道："装碎布的盒子呢？"玛丽听到后马上取来，交到爸手上。爸从里面拿出一块碎布铺在枪口处，再把一粒亮闪闪的新子弹放在布上，将推弹杆稍微一推，子弹和油布一起被塞进了枪管里。爸再用推弹杆使劲一压，子弹和油布便结结实实压住了火药。在压的时候，推弹杆有可能猛地向外弹出，爸就马上抓紧它，然后使劲往里推，需

大森林里的小木屋
Little House in the Big Woods

要往里推压好多次才行。他把推弹杆恢复原位,然后从另一侧的衣袋中拿出雷管。他慢慢扳开枪身上的小铁片,拿出一颗泛着亮光的小雷管,装在铁片下面,那里有一个U形撞针。然后小心翼翼地放下铁片,倘若放得过快,说不定枪就会"砰"的一声走火了。

猎枪里面的子弹已经装得满当当啦,枪从里到外被擦得锃亮。爸重新把枪挂到了门钩上。爸不出门时,枪就在门上挂着,那里有两个用木头制成的挂钩,是爸用刀子在树枝上一点点削成的。然后把直的那头使劲钉到门上,弯的一端向上,这样就做成了挂猎枪的挂钩了。

爸的枪里总是塞满子弹,也不会改变悬挂的位置,无论有什么突发事件,爸用枪的时候就能马上拿到。

爸每次进入大森林之前,都会将准备工作做好。要保证子弹袋是满的,检查装油布块和雷管的铁盒是否都在衣袋里,盛火药的牛角以及锋利无比的斧头是否都随身带着,然后将装满子弹的猎枪往肩上一背就出发了。

爸在每次开枪之后都会马上填满弹药。这样做是必须的。爸以前说,他不希望在森林中遇到危险时,却手持一把没子弹的空枪。所以,爸朝野兽射击之后,就先不去做其他事情,而是把弹药填满。他快速拿出牛角,用盖子量好火药,装进枪里。晃一晃枪管,塞进子弹和油布,然后

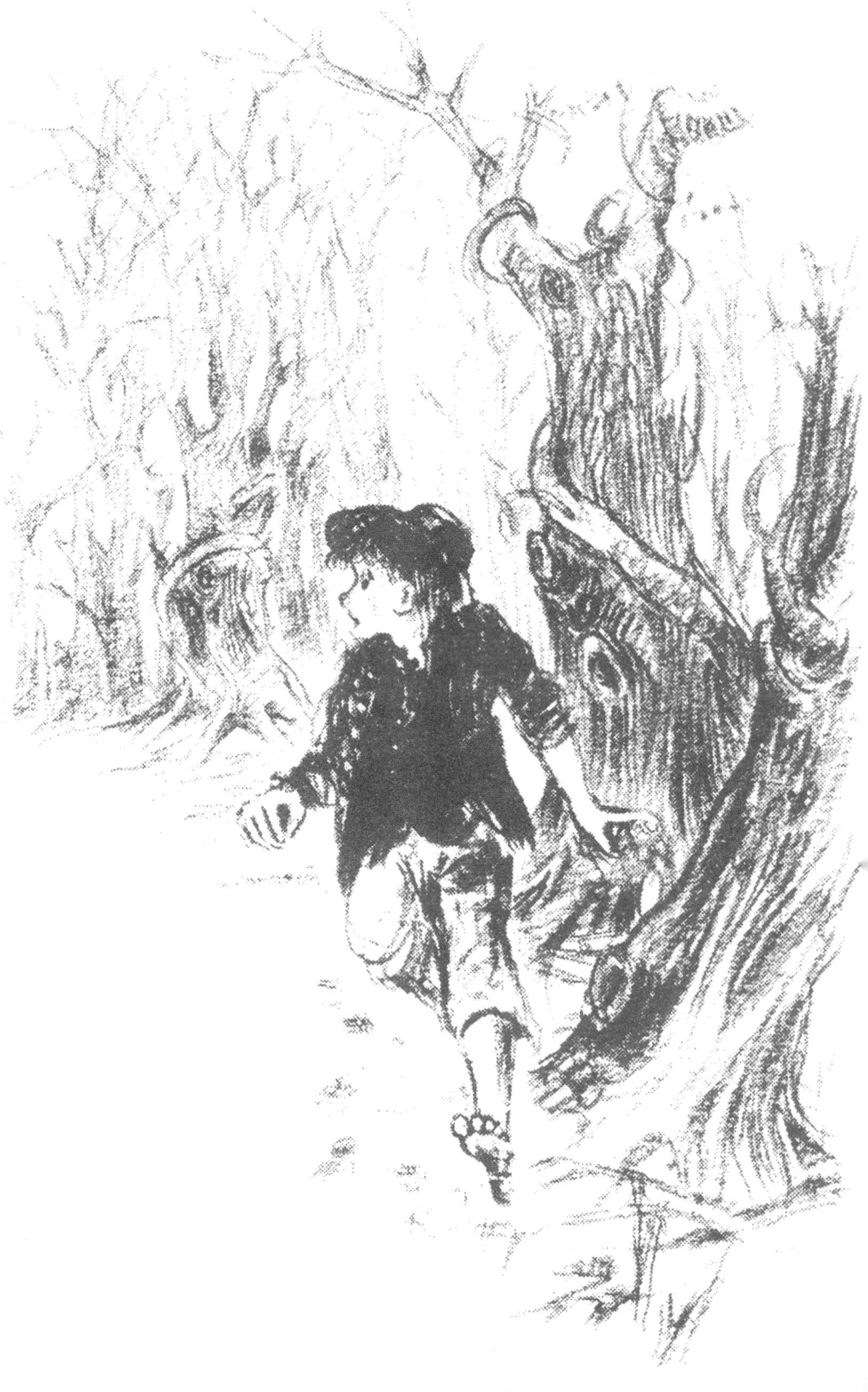

用推弹杆用力压紧火药,再把新的雷管装在铁片下面。因此,如果爸面对的野兽是熊或者豹子,那么一定得一枪要了它的命,不然在他装好弹药之前,被打中的熊或者豹子就已经扑上来了。

爸每次都是一个人去森林中狩猎,可是女孩们却毫不担心。在她们心中,爸的本事大极了,肯定能把熊或者豹子一枪打死。

新子弹粒都出炉了,枪膛里的弹药都装满了,里里外外也都擦干净了,爸终于要开始讲故事了。

劳拉恳求说:"我们想听'森林里发出的怪声',可以吗?"

爸眯着蓝色的眼睛,注视着劳拉,说:"我的宝贝,这可不行,我儿时发生的糗事没什么好听的,你们不会感兴趣的。"

女孩们在爸的两侧叫喊着:"我们感兴趣,我们想听呢。爸就讲这个故事吧!"爸没办法了,只好讲这个故事。

"在我像玛丽这么大时,还是个小男孩,每到下午,就要进入森林中,把放牧吃草的牛牵回家。我的父亲曾严厉地对我说,在途中不能光想着玩,要在夜色降临之前带着牛回到家里。到了晚上,森林里的熊、狼、豹子都会出

来，非常危险。

"有一天，我下午出门比较早，于是心想今天的时间很充足，不用急着去牵牛。森林里有很多有趣的东西，我玩得忘记了时间。不知不觉，天开始黑了。红松鼠在枝头跳来跳去，花栗鼠穿梭在树叶堆里，成群的兔子在空地上做着游戏。小兔子总是喜欢和附近的小伙伴做做游戏再回去睡觉。当时，我正在自己玩游戏，假想自己是一个勇敢的、厉害的猎人，躲在森林中，寻找野兽和印第安人的踪迹。我幻想自己同印第安人发生了争斗，拼命斯打，打着打着感觉好像森林里的每个角落都躲着印第安人。这时，我的耳边传来枝头上鸟儿的叫声，它们在互相告别。小路已经看不清楚了，四周都黑漆漆的。

"这时我得抓紧时间去寻找牛，然后牵它们回家，不然天就要黑了。但是，我不知道牛在哪儿！我让自己平静下来，牛的脖子上都挂有铃铛，可以通过铃铛声寻找它们。我仔细听，可是却没有它们的声音。我呼喊着，还是没找到。

"黑暗中的森林令我恐惧，我担心野兽出来攻击我。但是我没牵到牛，回家肯定会挨打，也不敢回去。我只能没方向地四处找，奔跑着，呼喊着。森林中的影子逐渐变暗，森林好像突然放大了无数倍，平时经常见到的大树和灌木，这时也变得怪怪的。

"我不停地寻找，可是牛群还是没有踪影。我连高处的山岗也找过了，还是没有牛群的回应。我鼓起勇气，走进了漆黑一片的深沟，依然没有。这时，我又一次停下脚步，平静下来，仔细聆听四周的声音。但是，耳边除了树叶发出的'沙沙'声，再也没有其他声音了。

"猛然间，我耳中传来急促的喘息声，我想大概是一头正在觅食的豹子，就藏在我背后那片灌木丛的阴影中。之后我才注意到，原来，那是我自己喘气的声音。

"我光着脚在森林中跑，两只脚都被荆棘刺破了。灌木丛中的树枝都长着刺，我跑过的时候身体不断被抽打，疼极了。但是我没心思考虑这些，不停向前狂奔，继续寻找，继续呼喊牛儿：'苏姬！你在哪？'我使出全身的力气呼喊着：'苏姬！你在哪？'这时，头顶上传来'嗯'的一声，似乎在跟我说话。我心里害怕极了，头发都立了起来。那个声音又出现了，我更害怕了，拼命逃跑。这时，我已经顾不上去找牛了，只想马上离开这片黑暗的森林，回到家里。

"四周已经看不清楚了，我拼命跑着，那怪异的声音在后面跟着，不知道是什么动物，一直'嗯嗯'地叫着，好像在对我说话。我不停地跑，累得气喘吁吁，可仍然坚

持向前跑。这时，我的脚不知被什么东西绊住了，我扑倒在地上，但马上又跳起来，重新奔跑起来，这时的速度估计连狼也追不上。

"终于，我逃离了那片黑乎乎的森林，径直跑向牛棚。眼前的一切让我非常激动，牛群已经回来了，而且一头也没丢。它们正站在牛棚门口，好像在等待主人来开门。我将牛赶进棚里，然后就回家了。

"爸看了看又累又脏的我，问道：'小鬼，天都黑了才回来！你是不是在森林里玩到现在？'我盯着自己的脚，才注意到自己的一个大脚趾的趾甲没了，估计是在奔跑中被挂掉了。但是，吓坏的我却没觉得痛，等注意到的时候，才疼得哇哇大叫。"

当爸讲到这个地方的时候，就要停顿一下。劳拉催促到："爸，接下来呢？往下接着讲呀！"

爸应了一声，然后继续讲道："然后，你们的爷爷从后门走出去，到庭院里找了一根粗树枝，把它砍下来。回来之后，我就被按到桌上，屁股被抽了一顿。好让我记住他的嘱咐。

"我父亲说：'小鬼，你已经满九岁了，长大了。大人说的话你要牢牢记住。如果是错的，我就不会跟你说了。只要你听话，就不会在森林里受到伤害。'"

大森林里的小木屋
Little House in the Big Woods

"是啊,爸,九岁了就必须乖乖听话了!"坐在膝盖上的劳拉激动得蹦蹦跳跳。她继续问:"接下来呢?"

"爷爷说,倘若你照我的话去做,就不会玩到天完全黑了才离开森林,牛群就不会弄不见,也不会听到猫头鹰的叫声,就被吓成这个样子。"

圣诞节

今年的圣诞节就要来临啦!

这会儿,小木屋的四周都是厚厚的积雪,差不多要被埋起来了。墙壁和窗户上也全是雪。清晨,爸把门一打开,就会看到屋外厚厚的积雪,差不多和劳拉一样高。爸拿起铁锹,将雪铲到两边,在门口扫出一条小路,可以到达屋后的牲口棚。牲口棚非常暖和,非常舒服,马匹和牛群都在那里。

最近几天外面阳光明媚。女孩们踩着椅子,透过窗户看庭院里的景色。对面那些树上的树叶都掉光了，白雪堆在上面被冻得亮闪闪的。白色的雪覆盖在又秃又黑的树枝上，阳光洒落在上面闪耀着炫目的光芒。屋檐下挂着许多冰柱，也被阳光照射得亮闪闪的，其中一些冰柱特别长，都垂到了地上的雪里。有的冰柱很粗，和劳拉的胳膊差不多。冰柱如同玻璃一般透亮，阳光照过的时候特别好看，像水晶似的。

爸从刚刚铲好的小路走回来，吐出来的气如同烟雾般在空中转了一圈，又像云彩似的集合到了一起，最后汇聚在他的络腮胡子上，凝结成了白霜。

爸加快脚步进了屋子，进门后先跺脚，然后抖掉靴子上的雪，这时劳拉正在等他。爸一把抱起她，让她紧贴着凉飕飕的大衣。没一会儿，络腮胡上的白霜也融化了。

这几天晚上，爸的工作很多。他拿出一块木板，劈成一块大的和两块小的。接着，用厚砂纸在上面来回打磨，磨过之后木板的表面变得非常光滑，劳拉摸了一下，感觉如同丝绸一般。然后，爸拿出尖锐的小折刀，开始在木板上刻画。木板的周围刻着小山和塔楼，最顶部刻着一颗很大的星星。爸在木板上穿了几个孔，然后把它们进一步雕刻成窗户、星星、月亮、甜甜圈等形状。在它们的旁边又

雕刻了叶子、花朵和小鸟。

爸选出一块木板，雕刻成弧形，非常可爱。在边缘还雕刻了树叶、花朵、星星等图案。在弧形木板的正中间，雕刻了一轮弯月，还有像水中波浪似的花纹。

爸拿出最小的木板，在边上刻上了一串藤蔓，上面还盛开着鲜花。

一到晚上，爸就开始雕刻了。一丝不苟的，就算是一个小细节也不放过，木板的每一处都雕琢着爸心中完美无瑕的图案。

过不了几天，圣诞节就要到了。这天晚上，三块木板终于都完工了。爸将它们组合起来，哇，这是一个精美的置物架，中间是花纹最多的大块木板，顶端的大星星图案非常醒目。下面是弧形木板，可以支撑整个架子，并且上面的图案也非常好看。侧边的是雕刻了藤蔓花纹的木板。

这个漂亮的置物架是爸送给妈的圣诞节礼物。爸小心翼翼地把它固定在玻璃窗之间，妈非常高兴，立刻在架子上摆放了自己心爱的东西——可爱的牧羊女瓷像。

瓷像全身都是用瓷做的，头顶戴着瓷做的小棉帽子，头发卷卷地披着，身上穿着衣服，胸前绣有一抹蕾丝花边，粉色的小围裙系在腰间，脚上还穿着精致的金色瓷鞋。瓷像就摆放在置物架的正中间，四周都是爸用巧手雕琢的花朵、叶子、小鸟、月亮、醒目的大星星悬在头部上方，将她映衬得如同仙女一般。

从现在开始，妈要一刻不停地干活，为几天后的圣诞节准备美食。妈需要烤制咸味的发酵面包，印第安风味的黑麦面包，还有瑞典式脆饼。除此之外，还有烤青豆粒、咸肉和蜜糖。之后还做了醋汁馅饼和苹果馅饼，以及一大罐好吃的小饼干。妈做完之后，让女孩们舔一下做蛋糕用的勺子，尝尝美味。

一天清晨，妈把蜂蜜和糖一起熬，直到熬成稠稠的糖浆。爸拿着两个盘子到外面盛满干净的白雪，交给劳拉和玛丽。接着，爸和妈一起教导孩子们，如何将黑色的糖浆细细地撒在白雪上。

女孩们激动极了，她们用糖浆变幻成各种图案，白雪上出现了甜麦圈、弯弯曲曲的字体等，除此之外，还有很多怪异的图案。图案遇到雪就立刻结成了糖块，又硬又脆。女孩们可以各吃一块，可是不能多吃，剩下的得存起来，到圣诞节当天再吃。

妈为了圣诞节准备这么多的美食，并不是只有劳拉一家吃。居住在森林那头的伊莉莎婶婶、彼得叔叔、皮特堂

哥、爱丽丝堂姐和艾拉堂姐会在圣诞的时候过来一起欢度节日。

明天就是圣诞节了，大家都早早赶到小木屋。女孩们在看到雪橇之前，就听到远处传来了欢畅的铃声。那声音逐渐接近，雪橇也渐渐出现了。由两辆雪橇组合而成的长雪橇，从森林中飞驰出来，停在了小木屋门前。伊丽莎婶婶、彼得叔叔、堂哥堂姐们躲在雪橇里，浑身裹得严严实实，把毛毯、长袍、野牛毛皮全用上了。

棉大衣、厚围巾、面罩和毛皮披肩裹得实在太厚了，从远处看，伊莉莎婶婶一家人已经看不出人形了，就像一个个大包袱似的。他们进屋之后，宽敞的小木屋好像变小了似的，都快站不下了。家里一下子来了这么多小孩，怕吵闹的黑猫苏珊便到牛棚里去躲清静。杰克倒是很开心，在雪地上一圈又一圈地跑着，叫着，一刻不停。接下来，就是女孩们和堂哥堂姐们的游戏时间了。

在伊莉莎婶婶的帮助下，堂哥堂姐们卸下了身上的厚衣服后，马上去拥抱劳拉和玛丽，他们一起疯闹着，开心地做着游戏。没过多大会儿，伊莉莎婶婶就受不了了，孩子们玩闹的声音实在太大人了。婶婶喊道："爱丽丝，声音小点儿！"爱丽丝回答："知道了，我们换个地方玩吧，到雪地里去画画怎么样！"但是，妈却不同意。外面到处是冰雪，小劳拉在这么冷的地方玩会冻坏的。可是爱丽丝和艾拉有自己的想法，一定得到外面玩画画才有意思呢。劳拉睁大眼睛，可怜巴巴地望着妈，满脸失落的表情。妈最终还是答应了，不过只允许她玩一会儿。妈给劳拉穿上厚大衣，戴上连指手套，伊莉莎婶婶把连帽斗篷烤热，穿在劳拉身上，这样劳拉才可以出去。

劳拉玩得高兴极了，比以前任何一次都要高兴！劳拉、爱丽丝、艾拉、皮特和玛丽这五个孩子在雪地里玩了一上午，画画游戏实在太有趣了。他们都爬上树桩，伸开胳膊，往前扑倒，直挺挺地趴在软绵绵的积雪上，然后小心翼翼地站起来，而且不能破坏留在雪上的痕迹。倘若他们都做得非常完美，雪地上就会留下五个凹进去的印子，是这四个小女孩和一个大男孩的形状，头呀，脚呀，胳膊呀，腿呀，样样齐全。这种用雪印出的人形画，就是他们说的画画儿游戏。

不知不觉，天都黑了。孩子们玩得忘记了时间。晚上回去吃完晚饭睡觉的时候他们仍然非常激动，叽里呱啦地说个不停，根本睡不着。但是平安夜时，孩子们都要早早上床。否则就得不到圣诞老人派送的礼物了。就

这样，他们在壁炉旁规规矩矩挂好袜子，做祷告，然后全都听话地去睡觉了。妈和伊莉莎婶婶又铺了一个大床，四个女孩一起睡在这里。

皮特睡在安有滑轮的小床上。爸妈睡的床让给了伊莉莎婶婶和彼得叔叔。阁楼上也铺了一张床，爸和妈睡在那里。彼得叔叔全家来时穿的棉袍、野牛毛皮和毯子，都被拿来当作被子用。

小孩子们全都躺好后，大人们围着壁炉聊家常。在劳拉马上要睡着的时候，彼得叔叔的话传进了她的耳朵。彼得叔叔说："我家养的'王子'，你们还有印象吗？那条大狗。

"一次，我自己到大湖城去办事，留下伊莉莎他们守在家里。没想到我回来的时候，伊莉莎被大狗吓坏了，差点儿死掉。"

听到这里，劳拉完全睡不着了。有关狗的故事她都非常感兴趣。她蜷在墙角，像个小老鼠似的。她拿被子遮住自己，不声不响地盯着壁炉里的光亮，认真听着彼得叔叔接下来的话。

彼得叔叔继续说："那天清晨我离开家后，伊莉莎习惯性地拎起水桶，到山上的井口提水。王子尾随着伊莉莎，似乎所有事情都和平时一样。她脚步轻盈地来到峡谷边，正打算沿着小路去山泉井。忽然，王子一下子窜了上去，猛地咬住了她的裙摆，拼命向后拖。

"你们是见过王子的，它块头非常大。伊莉莎回头责骂它，可是却一点儿用也没有。王子长得非常健壮，凭伊莉莎的力气绝对甩不开。它死死咬着裙摆，不停向后拖，裙摆被撕掉了一大块。"

伊莉莎婶婶补充说："那可是我最喜欢的裙子，蓝色的印花布裙。"

妈非常惊讶，嘴里发出感叹声。

伊莉莎婶婶继续说："我当时非常生气，恨不得拿皮鞭抽它。可是它忽然朝着我不停大吼！"

爸问："它竟然敢朝你吼？"

伊莉莎婶婶说："是呀，我也感到很奇怪！"

彼得叔叔继续说："裙摆被撕掉了，伊莉莎又想往山泉井走。这时，王子直接跳到她面前，把路挡住，又朝她大吼，阻止她继续往前走。这时不论伊莉莎说什么，它还是这样。骂它，哄它都已经不管用了。王子露出它的尖牙，不断狂吼。伊莉莎想尽各种办法绕过它，但是刚一转身，王子又把路挡住了，而且那架势好像要扑上来咬她似的。

小木屋的故事
Little House Books

伊莉莎觉得很害怕。"

妈说:"是啊,那场景肯定会把人吓坏的。"

伊莉莎婶婶说:"当时王子那恶狠狠的样子,之前从没出现过。我很害怕,觉得它随时有可能扑向我。"

妈说:"这种事情还是第一次听说。后来你怎么逃脱的?"

伊莉莎婶婶说:"当时根本没时间去思考,我马上掉头,用最快的速度跑回家,我很担心留在家里的孩子们。到家后立刻把门紧紧关住。"

彼得叔叔说:"王子通常遇到陌生人或者野兽时,都会露出凶狠的表情。但是在伊莉莎和孩子们面前,它向来非常温顺,因此有它在,我觉得还可以保护家人。没想到那天却把伊莉莎彻底吓坏了。

"王子跟着伊莉莎回到家,在屋子周围边跑边吼。一旦伊莉莎想要开门,它便马上扑上来,朝着她不停地吼叫。"

妈问:"王子疯了吗?"

伊莉莎婶婶说:"当时我也这么觉得。我一点儿办法也没有。我们被困在了屋中,丝毫不敢踏出屋门。家里一点儿水也没有,我想出去装一些雪,融化成水喝。但是我稍微打开一点儿门，王子又会扑过来，看上去似乎想把我撕碎似的。"

爸问："王子这样发狂了多久？"

伊莉莎婶婶答："一直到黄昏！如果彼得清晨外出时没带枪，我绝对会拿枪射它。不然我肯定会悔恨死了！"

彼得叔叔说："天色开始暗下来了，王子也逐渐平静了，温和地趴在门口。伊莉莎透过窗户看了看，以为王子睡着了。她想无声无息地绕过王子，回到山泉井打些水。

"所以，她小心翼翼地打开门，可这微小的声音也没逃过王子的耳朵。它看到伊莉莎拎着桶正要去打水，这次它没有发疯，爬起来走到伊莉莎面前，恢复了平时的样子。它一路领着伊莉莎来到山泉井的位置。伊莉莎看了看地上，井边的积雪上布满了豹子的脚印，而且才留下不久。"

伊莉莎婶婶说："那些脚印差不多有我的手掌这么大。"

彼得叔叔说："不错，体型这么大的豹子，我还是第一次见。如果伊莉莎遇到就危险了。倘若那天清晨王子没有拦住伊莉莎，她到井边后肯定会被豹子袭击。我观察过那些脚印，看得出豹子提前躲到了井边的橡树上，只要有动物过去喝水，豹子就趁它们不注意一下子扑过去。如果伊

莉莎到了井边,肯定会被咬死的。

"伊莉莎看到脚印后便马上离开那里,这时天色已经很暗了,豹子随时有可能回来。她急忙装满水,然后跑回家。王子一直尾随着,时刻警惕着,不放过峡谷里的任何声音。"

伊莉莎婶婶说:"我和王子一起回了家,让王子也到屋里来,将门窗严严实实地关好。我们一起躲在屋里,直到彼得赶回来。"

爸问彼得叔叔:"那头豹子呢?有没有打死?"

彼得叔叔说:"可惜还没有。后来我带着枪过去,把那片树林的每个角落都找了几遍,但也没发现它。留下的只有脚印,可以看出它跑到北边了,进入了森林深处。"

这时,另外三个女孩也醒了,劳拉用被子盖着头,紧贴在玛丽身边。她轻声问:"爱丽丝,那个时候你害怕吗?"

爱丽丝也声音很小地回答:"本来心里挺怕的,但看见艾拉更害怕。"艾拉插了一句:"我才没有呢,我不害怕!"

爱丽丝小声说:"对,你没有害怕。但是你当时一直嚷着要喝水呢!"

女孩们在床上小声争论的声音传到了妈耳朵里,妈就对爸说:"查尔斯,咱的小公主们都醒了。我们歇会儿,你把小提琴拿出来拉一段吧。"

屋里很安静,既暖和又舒服。壁炉里的火将屋子映衬成了金色,洋溢着温馨的气息。火苗在炉子里欢快地跳舞,妈、伊莉莎婶婶和彼得叔叔映在墙上的影子也在左摇右摆,而且非常大。这时,爸的小提琴声响起了。

爸一边用小提琴拉着《摇钱树》《红色的小母牛》《魔鬼的美梦》《来自阿肯色州的旅行者》,一边轻声地唱歌。

奈莉·格兰,你是我最爱的人。
不声不响地,他们把你从我的身边带走。
亲爱的,我什么时候才能再见到你!

没一会儿,孩子们就睡着了。

天亮了,孩子们一起醒来,非常有默契地看向壁炉,然后飞一般跑到壁炉边,抢着最先打开袜子,看看里面装着什么礼物。那些鼓鼓的袜子里面肯定有很多好东西。看来圣诞老人昨晚来送礼物啦。孩子们都穿着法兰绒睡衣,女孩们穿着红色的,男孩穿着蓝色的。他们激动地边跑边叫,心中满是好奇。

每个孩子都得到了一副鲜红的连指手套和一根红白条纹的棒棒糖。棒棒糖是薄荷味的,又扁又长,边缘还有锯齿状造型。看到礼物的一刹那,所有人都高兴得说不出话来,眼睛瞪得圆圆的,闪着激动的亮光,视线已经离不开那些礼物了。最开心的还是劳拉,除了手套和棒棒糖,她还得到了一个布娃娃。

这个布娃娃做得很精致,脸是白布制成的,眼睛是黑扣子制成的,浓眉是用黑笔画上去的,像一轮弯月。脸颊和嘴唇被染成了草莓红。卷曲的头发是用黑羊毛纱线编好再拆开后做成的,看上去和真人的头发一样。布娃娃脚上穿着红法兰绒袜子,还有小小的黑色长靴。身上穿着粉红和粉蓝相间的衣服。

收到这么好看的布娃娃,劳拉太兴奋了,不知道说什么好。她把布娃娃紧紧抱在怀里,呼吸都加快了。大家的目光都集中在她身上,可是劳拉却没有察觉。伊莉莎婶婶说:"看呀,劳拉的眼睛瞪得又大又圆!"

因为只有劳拉得到了布娃娃,其他女孩却没有,大家都有些眼红。但是劳拉的年纪最小,当然,卡莉和伊莉莎婶婶家的多莉·瓦登这两个小婴儿不算在内。他们小得还没法玩布娃娃呢,根本不懂什么叫圣诞老人。这些大孩子并没有因为自己没得到布娃娃而不高兴。小宝宝似乎也感受到了周围的快乐，不停地吮吸着手指，身体来回扭动着。

劳拉坐在床边，一声不响地抱着自己的娃娃。她也很喜欢其他的两样礼物，可还是最喜欢这个布娃娃。她叫它"夏洛特"。

孩子们拿过别人的手套试试，再戴上自己的试试。他们吃着棒棒糖，皮特一下子就吃了一大块，女孩们都慢慢舔着吃，吃几口再用糖纸裹起来，留着以后再吃。

彼得叔叔喊着："你们怎么都这么乖啊！大家都没看见袜子里还有一根皮鞭吗？哦天哪，你们准备做一整年的乖孩子吗？"

圣诞老人会给他们鞭子吗？孩子们不敢想象。或许，他会送给调皮的孩子吧，可是肯定不会送给他们。劳拉心想，如果时时刻刻都当乖孩子，那确实不容易做到啊！

伊莉莎婶婶对叔叔说："彼得，不要这样逗孩子们。"

妈说："劳拉，你不打算让其他人也抱抱夏洛特吗？"劳拉知道，妈在告诉自己，有好东西要和大家分享。接着，劳拉把布娃娃递到玛丽怀里，然后是爱丽丝，艾拉。

大家抱布娃娃的时候一边抚平它的裙角，一边赞美它漂亮的袜子、靴子和黑发。传了一轮之后，娃娃又完好地回到了劳拉的手上，劳拉这才放心了。

爸和彼得叔叔也收到了礼物——连指手套，是妈和玛丽婶婶用毛线织的，上面还有红白格子，戴上它一定很暖和。

妈的礼物是一个盛满丁香花粉的红苹果，那是伊莉莎婶婶送的。这个苹果散发着浓郁的香气，而且丁香花粉可以防止腐烂，苹果就可以长久保持香甜。

伊莉莎婶婶的礼物是针线包，那是妈自己做的。它的外套是用丝绸做的，塞满白色法兰绒碎片之后就会蓬起来，很柔软，可以用来插针。把针插在上面可以防止生锈。

大家看到爸做的置物架后，不停称好。伊莉莎婶婶说："彼得，回去之后你也得做一个送给我，刻上不一样的图案。"大人们没有得到圣诞老人的礼物，这不表示大人们不乖。他们都很棒，可是他们已经长大了，可以彼此互送礼物，所以圣诞老人就不给他们了。

看礼物的时间结束了！接着，家里的男人们要干些重活，连皮特也要帮忙。爱丽丝和艾拉负责协助伊莉莎婶婶收拾床，劳拉和玛丽负责整理餐桌。妈负责给他们做早饭。

早饭是煎饼。妈精心为孩子们制作小娃娃样子的煎饼。当轮到哪个孩子时，就让他端着盘子站在边上观看制作过程。妈先将一整勺面糊一点点倒进平底锅，人形渐渐出现啦，手、腿、头都有啦。孩子看着锅里的小娃娃煎饼在妈手中上下翻转，竟然一点儿也没有破，心里激动极了。可以出锅啦！等在身边的孩子用盘子接住热乎乎的煎饼，准备开吃。皮特最先吃掉了小娃娃煎饼的头，女孩们却一点点地吃，按照胳膊、腿、身体、头这样的顺序吃。

今天外面温度特别低，孩子们的画画儿游戏被禁止了。即使这样，孩子们还有其他好玩的事可以做。他们可以仔细看看属于自己的新手套，吃薄荷棒棒糖。他们在地板上围成一圈，全神贯注地看《圣经》的插图，还可以看爸的那本介绍动物的绿皮大书，里面有很多图片。孩子们一起玩的时候，劳拉始终抱着她的新娃娃。

开饭啦！要吃圣诞大餐啦！所有孩子都规规矩矩地坐着，安安静静地享用美食。孩子们知道，吃饭的时候不可以讲话。当然，圣诞大餐这么丰盛，他们都只顾着吃了。

妈和伊莉莎婶婶不停地给孩子们添菜，盘子里的食物堆得高高的。这下子，他们肯定吃过瘾了。

伊莉莎婶婶说："一年一度的圣诞节肯定得多吃点儿美食啦！"

下午的时候，圣诞大餐就已经开始了。吃完之后，彼得叔叔全家还要驾着雪橇回家呢。路途遥远，得早点儿出发才行。彼得叔叔说："即使马儿跑的速度像圣诞老人的飞鹿那么快，恐怕在天黑之前我们也到不了家。"所以，吃过饭后，彼得叔叔和爸立刻套上马，准备好雪橇。妈和伊莉莎婶婶负责给堂哥堂姐套上厚衣服。

伊莉莎婶婶的孩子们都必须穿上厚袜子和棉鞋，然后再套上更厚的长筒袜子，戴上厚手套，穿上厚外套，戴上厚帽子，盖住耳朵。外面还要加上羊毛披肩和围巾，防止风钻进脖子里。戴上面罩后，连眼睛都快要被盖住了。妈拿出刚烤好的热乎乎的土豆，让他们放在口袋里，路上可以用来暖手。伊莉莎婶婶把熨斗烧得滚烫，坐上雪橇后把它放在脚边，可以用来暖脚。那些用来盖身体的毛毯、被褥和牛皮长袍也都已经提前烤热了。

他们都在雪橇上坐好之后，爸用宽大的袍子盖在他们身上，然后固定好。这下子，他们又变成了大包袱的样子,和来的时候一样。

他们大喊着:"我们走啦,再见啦!"然后就出发了。马儿带着雪橇飞快地跑了起来,四周又响起了雪橇铃铛清脆的声音。

没过多大会儿,铃声就渐渐消失了。圣诞节过去了!这真是一个非常愉快的圣诞节啊!

难熬的礼拜日

过了圣诞节，感觉冬季更长了。劳拉和玛丽讨厌这样的冬天，不能出去玩，只能呆在小木屋里。特别是礼拜日的时候，没有手工活做，也不可以玩游戏。没事情可做的时候觉得时间特别难熬！

每当礼拜日的时候，女孩们全身都会穿上最美丽的衣服，头发上系着新缎带。身上也是干净的，因为礼拜六晚上是她们洗澡的时间。夏天时，洗澡水是从山泉井里打来的。冬天时，爸就到屋外盛几盆洁净的雪，经过加热后，雪便融化成水，再加热成开水。爸在暖和的炉子旁边摆了两把椅子，再用毛毯挂在上面当帘子。帘子后面就成了妈给劳拉和玛丽洗澡的地方。劳拉比玛丽小，所以她最先洗。洗完澡后，劳拉就得和她的布娃娃上床睡觉。因为妈给她洗完澡，再换上干净的睡衣后，才能接着给玛丽洗。爸倒掉脏水，再盛雪烧水。玛丽洗完之后也得换上干净的睡衣去睡觉。接下来，才轮到妈洗，爸是最后一个。大家都洗好澡，干干净净地迎接礼拜日的到来。

礼拜日的时候，爸和妈不允许孩子们喧闹，也不能跳来跳去，跑来跑去。玛丽想去缝自己那床用九块碎布拼接的被子，但是不行。劳拉也想去继续织手套，那是准备送给妹妹的，但是也不行。她们唯一能做的，就是一言不发地看妈剪纸娃娃，而且不能插手。给布娃娃做新衣服也是不被允许的，因为她们不能碰针。

她们得老实地坐着，听妈给她们讲圣经故事，或者读爸的《奇妙的动物世界》，就是之前她们看过的绿皮大书，里面有很多关于狮子、老虎和白熊的故事。她们还可以看看书上的图画，或者抱着自己的娃娃玩，小声地给娃娃讲故事。除了这些，其他的事都不能做。

《圣经》里的图画最吸引劳拉。她觉得纸质的封皮特

别漂亮。不过，她最喜欢的要数亚当为动物命名的那幅画。在画中，亚当慵懒地靠着石头，身边围绕着天地之间所有的鸟类和野兽，有的体形硕大，有的身材短小。它们都着急地等着亚当给自己取名。亚当一副很舒服的样子，完全不用注意衣服是否整洁。因为他没有衣服穿，只在腰上缠了一块兽皮。

劳拉问："礼拜日的时候，亚当也没有新衣服吗？"

妈回答："没有，他很可怜，只有一块兽皮呢。"

劳拉并不觉得亚当可怜，她宁愿自己和他一样，只有兽皮。这样的话就方便多了，再也不用担心把衣服弄脏。

一个礼拜日，晚饭结束后，劳拉觉得实在太无聊了，她再也受不了了。于是，她开始和杰克一块做游戏。玩了不久，她又顺着楼梯来回跑，一边跑一边叫。爸让她停下来，乖乖坐下看书。但是还没坐一会儿，她又难过地哭起来，还气急败坏地用力踢椅子，叫嚷着："我不喜欢过礼拜日，太没意思了！"爸放下手中的书，用严厉的语气说："劳拉，你给我过来！"

劳拉知道自己犯错了，怕被爸打，所以非常不情愿地一点一点挪到他身边。但是，爸却只是盯着她看，眼睛里充满了忧伤。然后轻轻地将她抱起来，放在膝盖上，把她的小身体搂进怀里。然后,他用另一只手抱着玛丽,说:"你们想听爷爷儿时的故事吗?我给你们讲一个吧。

"劳拉宝贝,在你爷爷小的时候,礼拜日开始的时间和现在不同,从前一天太阳落山起就算是开始了。这时,大家都要停下手中做的事,不论是工作、家务,还是玩游戏。晚饭在庄严的氛围中进行。晚饭一结束,爷爷的父亲就拿出《圣经》,大声朗读起来。全家人都要规规矩矩坐着,一言不发地听讲。读完后,大家都要跪下,在父亲诵读冗长的祷告词前,他们得一动不动地跪着,当父亲说'阿门'时,所有人才可以站起来。大家都拿着蜡烛直接上床休息,途中不能玩闹,不能笑,也不可以交谈。到了礼拜日的清晨,大家都要吃冷饭,因为这天不能开火做饭。他们一声不响地吃饭,然后迅速换上最好的衣服,走路去教堂做礼拜。这一天,也就是安息日,明令禁止干活,马儿当然也不可以干活。

"他们走得非常快,表情浓重,两只眼睛必须直视前方。在途中不能说话,也不可以笑,连微笑也不可以。你的爷爷和他的两个哥哥走在前面,你的曾祖父和曾祖母走在后面。

"到了教堂,大家坐在长凳上听牧师布道。在这两个

小时中，孩子们必须规规矩矩坐好，不能扭动身体，腿也不能晃来晃去。就连扭头看窗外、墙壁、天花板都不可以。他们得保持端正的坐姿，眼睛时刻盯着布道的牧师。布道结束后，他们才能回去。回去的途中允许轻声交谈，但是不允许大声说话，也不允许笑。到家后，午餐是礼拜六准备好的冷饭。下午，他们不能出门，必须坐成一排认真学习教义问答书，等到夜幕降临，这一天才算结束了。

"当时，爷爷的家就在半山腰，而且山的斜坡比较大。门前有一条小路从山顶一直延伸到山下。你们想象一下，冬天时，这条小路绝对是完美的滑道，玩滑雪的话棒极了！

"爷爷的大哥叫詹姆斯，二哥叫乔治，他们筹备着做一个新雪橇，用一个礼拜的时间完成。于是，在这一整个礼拜里，他们都没有去玩，将所有时间都用在做新雪橇上。他们合伙做的这个雪橇比以前的都要好。它很长，可以容纳三个人。本来，礼拜六下午能玩的时间就很短，所以他们准备在天黑之前把雪橇做好，然后就可以体验滑雪的快乐了。

"从周一起，爷爷的父亲就不停地砍柴。他自己干活太累了，所以孩子们都需要来帮忙。每天天还没亮时，孩子们就点着灯，把家里的活儿都干完。天亮之后，再跟着父亲一起到森林里去砍柴，非常辛苦，要一直到太阳下山才能回家。而且，到家之后还要继续做繁琐的家务活。晚饭一结束，他们就得上床休息。因为第二天他们还得早早起来继续干活呢。

"连续一个礼拜，他们都忙个不停，根本没有时间做新雪橇。到了礼拜六下午，他们几个人一起努力，终于在天黑之前做好了。但是，这时太阳已经落山，礼拜日开始了。他们不能玩滑雪了，否则就会违反'安息日'的规定。他们只好把新雪橇先存放到木棚屋里，等过完礼拜日再痛快地玩。

"礼拜日那天，上午仍旧是布道，这两个小时让他们觉得无比漫长，脚不能随便动，眼睛要始终跟随着牧师。这时，他们脑子里想的只有那个新雪橇。中午，他们在吃午饭时一心惦记着新雪橇。午饭结束后，父亲拿出《圣经》开始大声的朗读，爷爷和他的两个哥哥始终保持安静，老老实实地坐在那里听讲，像小老鼠似的。他们虽然手上拿着教义问答书，却一点儿也看不进去。

"外面的天气很晴朗，地上堆着雪，看起来软软的，阳光照在上面，闪闪发亮。三个男孩看着外面的积雪，心

里不禁痒痒的。他们扭头看着窗外的美景，脑子里想着：这样的天气太适合滑雪啦！他们的眼睛盯着教义问答书，心里却装满了新雪橇。对他们来说，这个礼拜日太漫长了！似乎过了一个世纪那么久！这时，他们的耳边传来了鼾声，抬头一看，原来父亲坐在椅子上睡着了。

"詹姆斯朝乔治使了个眼色，然后站起身，小心翼翼打开门，跑到了外面。乔治又给爷爷使了眼色，爷爷也踮起脚尖尾随詹姆斯跑了出去。爷爷觉得有点儿害怕，又看了看他的父亲，但是为了滑雪，他也悄悄跑了出来。这下，屋子里只剩下呼呼大睡的父亲了。

"他们到小木棚里取出新雪橇，悄无声息地爬到山顶。他们要滑着新雪橇到山脚，只玩一次，然后就把它放回原位。在父亲睡醒之前，神不知鬼不觉地回到屋里，继续坐在凳子上假装看教义问答书，就好像什么事都没发生过。

"他们坐在新雪橇上，詹姆斯在前面，乔治在中间，爷爷坐在最后。雪橇启动啦！起初，滑行的速度比较慢，然后逐渐加速，路边的树木从他们眼前迅速闪过，雪橇快得像要飞起来似的！他们沿着蜿蜒曲折的小路向下冲，嘴巴咬得紧紧的，即使再开心也不敢叫出声。在路过家门口时不能发出一点儿声音，不然，把父亲吵醒就糟了！

"飞驰的雪橇摩擦着雪面,发出'嚓嚓'声,风从耳边呼呼地吹过。眼看着雪橇即将顺利通过家门口时,一头大黑猪突然从路边的森林里跑了出来,一摇一晃地走着,然后停在了路中间。他们的雪橇速度太快,根本不可能停下来,也不可能急转弯。就这样,只能眼看着雪橇飞速撞向黑猪的肚子,一下子把猪铲了起来。猪一下子坐到了詹姆斯身上,发出惊恐的嚎叫声,拖着长长的尾音。天啊,这声音绝对会把父亲吵醒。他们如同闪电一般冲向家门口,这时坐在第一个的变成了黑猪,然后才是詹姆斯、乔治和爷爷。即将路过家门口时,他们看到父亲就站在门前,用眼睛盯着他们。但是,现在根本停不下来,也没法躲起来,更别提跟父亲解释了。就这样,三个人和一头猪,以飞快的速度冲向山脚下,猪还坐在詹姆斯身上,继续嚎叫着。

"雪橇到山脚后才逐渐停住,猪马上跳了下来,朝着森林深处奔逃,留下一连串嚎叫声。

"他们三个人拖着沉重的步子走上山,面色沉重。他们先把雪橇放回原处,然后慢吞吞地走进屋里,一声不吭地坐在凳子上,重新开始看教义问答书。他们的父亲继续读着《圣经》,微微抬头看了看,却没有责备他们。

"就这样,他们的父亲仍旧读着,三兄弟仍旧埋头看着教义问答书。

"到了傍晚,这个安息日终于结束了,他们的父亲带着三兄弟到木屋里受罚,每个人都挨了鞭子。詹姆斯第一个挨打,乔治第二个,最小的爷爷也挨了打。

"宝贝们,你们知道吗,可能你们觉得现在做乖孩子很不容易,但是和爷爷小时候比起来,已经容易多了。"

劳拉问:"在爷爷小时候,女孩们也得那么乖吗?"

妈答道:"跟男孩相比,那个时候想做个乖女孩更不容易呢。不管什么时候,做什么事情,她们都要表现出淑女的样子。坐雪橇滑下山这样的事情,是绝对不能做的。她们都要老老实实地待在家里,认真学习做针线活儿。"

"讲故事的时间结束啦。你们赶紧跟着妈去睡吧。"爸一边说一边取出小提琴。女孩们爬上了安着滑轮的小床,乖乖地躺着听爸拉琴,今天演奏的是《圣歌》,因为在礼拜日就连拉琴也得是歌颂主的乐曲。

爸一边拉一边唱着:

我是不是就得这样安逸地躺在床上呢?
轻轻地被送到天空中,

大森林里的小木屋
Little House in the Big Woods

那些拼命战斗的人只为了获得奖励，
却为何要驾船越过血色海洋。

劳拉听着听着，感觉自己似乎飘舞在音乐当中，然后就慢慢睡着了。接着，一阵餐具碰撞的声音传到她耳朵里，她睁开眼睛，心想大概是妈已经开始做早饭了。天亮啦，礼拜一开始啦！难熬的礼拜日终于过去了，离下一个礼拜日还有一个礼拜时间呢。

早晨，爸走到餐桌旁，一下子把劳拉抱了起来，说："今天得好好打打你的屁股了。"

爸解释说，打屁股是为了给劳拉庆祝生日，传说如果哪个孩子过生日，就得挨打，这样才能在下一年健康成长。接着，爸很轻地拍了拍劳拉的小屁股，劳拉一点儿也不觉得痛。

爸一边数着数，一边轻柔的拍着："一……二……三……四……五……六……"前五下代表劳拉五岁了，最后一次得使劲拍一下，希望她在下一年能够快快长大。

然后，爸递给劳拉一个漂亮的小木头人。这是他用木棍一点点雕刻出来的。这个小木头人是布娃娃夏洛特的伙伴。妈给了劳拉五块蛋糕，每一块表示一年，劳拉已经和

家人一起幸福生活了五年时间。

玛丽亲手做了一件精致的娃娃衣服，送给劳拉的布娃娃夏洛特。在玛丽缝制的时候，劳拉一直误认为她是在用布块做被子呢！

晚上，全家人一起举行了生日宴会，爸特地拿出小提琴，给女孩们拉了一首《砰！黄鼠狼逃跑了》。

和以往不同，这次爸是坐着拉琴的，两个女孩坐在他的膝盖上欣赏乐曲。这时，爸说："仔细听，也许你们真的能看到逃跑的黄鼠狼呢！"然后唱道：

用一分钱买一卷线，

又用一分钱买一根针，

兜里的钱就花完啦，花完啦……

这时，女孩们靠得更近了，死死盯住爸的手指，连眼睛都不敢眨。她们知道这里是最关键的地方。

爸用手指弹了下琴弦，发出"砰"的一声。

黄鼠狼逃跑了！

爸又迅速恢复了平时拿琴的姿势。

女孩们都没有看明白，爸是如何用手指弹琴弦的。

她们恳求爸能再弹一次,好让她们看个清楚。爸用蓝色的眼睛看着这两个小天使,开心地笑了。他重新托起琴,继续演奏。他唱道:

在补鞋匠身边转来转去的人是谁?
猴子对黄鼠狼穷追不舍吗?
传教士在亲鞋匠的老婆呀!
砰!
黄鼠狼逃跑了!

女孩们依然没看明白,爸实在太快了,她们的眼睛都不够用了。

她们都很开心,笑着上了床,乖乖地准备睡觉。爸继续边拉琴边唱着:

很久以前有位黑人老爷爷,
被称为里德叔叔,
年轻时有一头浓密的黑发,
现在却一根也没有了。
他有着长长的手指,

如同灌木上的藤条。
他总是眯着眼睛，
基本上看不到东西，
他的嘴巴里没有牙，
也没法吃玉米饼，
只好毛到路旁，
墙上挂着的铁铲和锄头已经很久没用过，
琴匣里的小提琴和弦弓也没人去碰。
他可以永远休息了，
好心的里德叔叔已经到了天国。

遭遇大熊

一天，爸说："劳拉，春天马上就要来啦！"

这时，堆积在森林中的白雪逐渐融化了，雪水不断从树枝滴到地上，在松软的雪堆上留下许多小洞。中午，那些吊挂在屋檐下的冰柱，在太阳的照射下映出水晶般耀眼的光芒。水滴顺着冰柱聚集在冰尖上，微微地抖动着。

爸说最近要抽一天时间到镇上去，卖掉那些冬季猎到的野兽毛皮。一天夜晚，他把毛皮全部堆起来绑好。家里的毛皮真多啊，爸将它们使劲绑紧，可那捆毛皮还是高又

粗，几乎和爸的身体一样大。

一天，太阳还没有出来，爸已经把那捆毛皮绑在背上出门了。他得背着这些毛皮去镇上，因为毛皮太多所以没法带枪了。

妈一直忧心忡忡，怕爸在途中碰见野兽。爸宽慰道："天不亮的时候我就出门，路上也不休息，在天黑之前就能回来。"

即便是离小木屋最近的城镇，仍然要走一段很远的路。劳拉和玛丽都没有去过，她们想象不出来那里的样子。她们不知道商店是怎样的，就连并排连在一起的房子都没有见过。但是爸妈给她们描述过，因此她们隐约能够想象出城镇的样子：那里有很多并排连在一起的房子，有商店，以及很多有趣的东西，像火药、子弹、盐和白糖等。

女孩们也知道，爸会到商店里用野兽毛皮跟店老板换回很多好东西。所以，爸离开家后，女孩们一直守在窗边，焦急等待着爸带着好东西回家。可是，直到太阳落山了，冰柱已经不再滴水了，她们依然没见到爸的身影。这下子，女孩们开始着急了，她们只希望能快点儿见到爸，完全忘记了礼物的事情。

太阳落山了,天逐渐黑了下来,但爸还是没回来。妈已经开始做晚饭了,餐具也都放好了,爸依然没回来。等啊等,该做杂活了,爸仍旧没有回来。

妈准备出去挤牛奶,劳拉拿着灯笼给她照明。

妈给劳拉套上厚大衣,扣好扣子,再系上红围巾,她的红色连指手套被挂在围巾的两端。她戴上手套后,妈才把灯笼点亮。

劳拉很愿意帮妈分担家务。她拿着灯笼为妈照着通向牲口棚的路。灯笼的灯座是用铁皮制成的,烛光从上面的洞里照射出来。

劳拉尾随在妈身后,烛光照在小路两旁,在雪地上跳来跳去。天还没有彻底变黑,可是森林里已经什么都看不到了。小路上倒有一些亮光,那是积雪反射出的白光。空中的星星忽明忽暗,劳拉手里的灯笼要比它们亮得多呢。

这时,劳拉呆呆地盯着牛棚的栅栏门,那里出现了一个黑乎乎的影子,棕色的皮肤,壮实的体格,一定是苏姬——劳拉家的奶牛。但它怎么跑到外面了呢?这时,妈也看到了,她也觉得很惊讶。

春天刚刚来临,还没有到去森林里放牧的时间。因此苏姬还留在牛棚里饲养。在天气暖和的时候,爸就将牛棚

打开，让它到院子里去活动活动。这会儿苏姬正老老实实地待在栅栏后面，似乎在等着主人来挤奶。

妈直接走向栅栏门，试图把门再推开一些。但是门被后面的苏姬堵住了，没办法开大。于是妈把手伸到栅栏门里，拍着牛的肩膀说："苏姬，走开点儿！"

这个时候，劳拉手里的烛火跳动了一下，正好照在栅栏上。劳拉的眼前出现了一堆乱蓬蓬的黑毛，两颗圆滚滚、亮晶晶的小眼睛，那眼睛正看着她和妈。

奶牛苏姬应该长着棕色的短毛，又细又软，并且长着一双大眼睛，眼神非常温驯。

妈冷静地对劳拉说："快点儿回家去！"

劳拉听话地转身走向小木屋，妈随后也跟了过来。缓慢走了一会儿之后，妈忽然快速抱起劳拉，慌乱地拿过灯笼和其他东西，飞快冲向小木屋。进屋之后，妈就用力关上了门。

这时，劳拉才开口问："妈，那是黑熊吗？"

妈答道："是的呀！"

劳拉一下子扑到妈怀里，难过地哭着问："黑熊会伤害苏姬吗？"

妈抱着劳拉，说："不会的，牛棚很坚固，可以保护苏

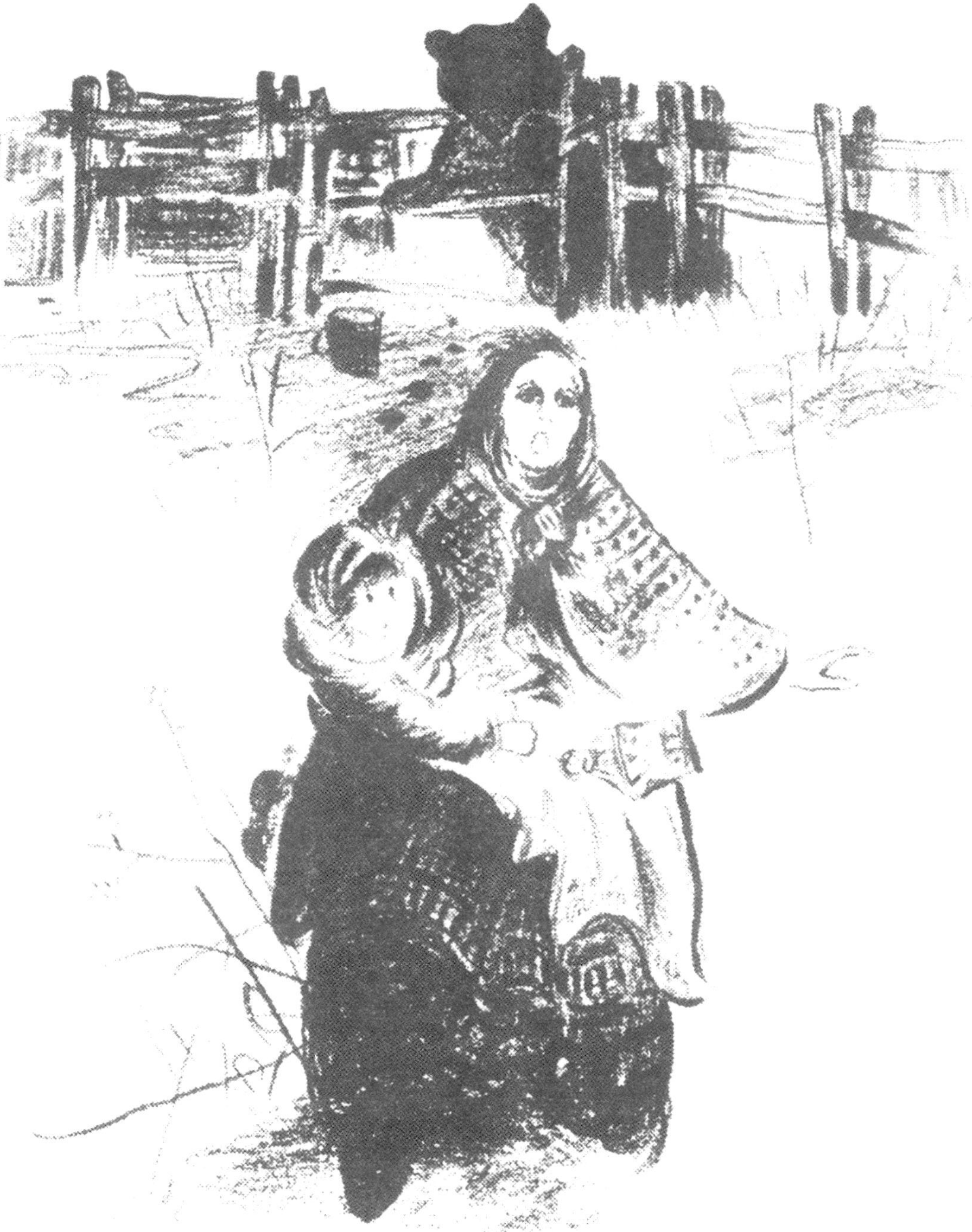

姬。牛棚的外墙是用粗壮的圆木搭建起来的，就是为了防御熊的袭击。熊是钻不进去的，也不可能伤害到苏姬。"

听完之后，劳拉不再担心了。她又问："黑熊会把我们吃掉吗？"

妈说："它没有抓到我们呀，我们也没有受伤呀，对吗？劳拉，你真棒，又勇敢，又听话，不但乖乖走回了家，而且速度很快，也没有问来问去。现在，我们已经平安无事地回到家里了。"

这时，劳拉感觉到妈的身体在打颤，不过妈还是给了劳拉一个微笑。她说："想想看，我居然给了熊一巴掌，那时胆子可真大呀。"

接着，妈准备好了晚饭，女孩们和妈围着餐桌用餐。直到晚饭结束，爸依然没有回来。这时天已经很黑了，她们得去睡觉了。女孩们将外套脱掉，跟着妈做了祷告，然后上床睡觉了。

妈点着煤油灯，躺在摇椅上，借着灯光缝着爸的衬衫。爸不在的夜晚，小屋格外凄冷、安静，并且有种异样的感觉。

劳拉并没有睡着，耳边全是森林里风的呼呼声。风围绕在小屋的四周，似乎在黑夜中迷失了方向。夜晚的风声太恐怖了！

劳拉始终盯着妈的一举一动，妈缝好衬衫之后，又把它细致地叠好、抚平，然后搁到柜子里。接着，妈走到门前，把门的保险上好，妈还是第一次这么做。她将门闩上的皮带从门上的洞里穿进去，然后系紧。系上这道保险后，除非妈从里面把门闩拉上去，不然，无论是人还是野兽，都不可能将门打开。做完这些，妈到床边抱起正在熟睡的小卡莉。

她一转身，看到劳拉和玛丽都没睡，正睁大眼睛盯着她。她对女孩们说："宝贝们，放心睡觉吧，不会有事的。等你们一觉醒来之后，就可以看到爸了。"

说完之后，妈重新坐在摇椅上，抱着小卡莉，慢慢地前后摇动。

妈就这样坐着等爸，但是等了很久，爸还是没回来。劳拉和玛丽也想看到爸之后再睡。但是，等着等着就睡着了。

清晨，女孩们一醒来就看到了爸！他不仅买了很多好吃的糖果，还给劳拉和玛丽各买了一块印花布料，妈可以用布料做成新衣服。其中一块布料是白底的，上面印着粉蓝色的花朵，这是给玛丽的。还有一块是深红色底的，上面布满了金闪闪的黄色圆点，这是给劳拉的。爸也没有忘记妈，给妈买的布料是棕黄色底的，上面有很大的白色羽毛图案。

大家都很高兴，爸这次带去集市的野兽皮毛肯定卖得不错，才会有钱给大家买这么多好东西。牲口棚周围布满了大熊的脚印，圆木墙上也到处是熊爪的抓痕。但是，牲口棚里面的苏姬和马儿都没有受伤。

爸回到家里的这一天，外面天气十分晴朗，雪融化了，雪水沿着房檐下的冰柱流到地上。冰柱变得越来越细。傍晚，熊留在雪地上的脚印已经看不清楚了。晚饭过后，爸抱起女儿们，放在他的膝盖上，准备给她们讲个新故事：

"昨天，我出门之后，背着一捆野兽皮毛，沿着以前常走的小路去镇上，那时，路上的积雪已经变得很软了。雪地凹凸不平的，非常难走，所以我在路上花了很多时间，到镇上比以往晚了很多。我走进商店，看到其他猎人早就到了，正在和商店老板谈价钱。商店老板非常忙，所以我只能先站在一边等着。过了很久他才忙完，才顾得上仔细查看我带去的皮毛，然后和我商谈价格。成交之后，我又在店里仔细给你们选礼物。

"我左挑右选，花了很多时间，这时，已经接近傍晚了。

"我想加快速度，争取早点儿到家。可路上到处都是积雪，走起来很费劲。并且，我赶了一天的路，身体特别疲惫，一直到天完全黑下来，我才走了一小段。现在还是冬天，森林里的夜晚十分危险，四周漆黑一片，我又没带猎枪，这下子可糟了。

"这时，我离咱们家还有六里路，我不断给自己加油，尽量走得再快一些。森林里越来越黑了，这时我很后悔，如果我出门时带上枪就好了。我知道，现在正值冬末，黑熊的冬眠时间已经结束了。它们沉睡了一个冬天，醒来后的第一件事就是寻找食物。而且，清晨我赶路的时候，还看到了黑熊留下的痕迹。

"在这期间，睡醒了的熊都饿坏了，它们会变得非常狂躁。你们想想，在漫长的冬季中，它都一直窝在洞里冬眠，不吃也不喝，饿着肚子的熊脾气当然会很差。如果我在这个时候遇到外出寻找食物的熊，那可糟透了。

"森林里黑漆漆的，什么也看不见，我用最快的速度往家走。走着走着，我依稀能够看到天上的星星发出的微光。可是在森林深处，星光被茂盛的树木挡住了，到处都黑漆漆的。到了相对广阔的地方，我基本上能够辨认出路上的东西。在我的面前有一条曲折的小道，上面布满了积雪。我身旁耸立着一些树木，在黑夜中看起来很奇怪。终于，我的面前出现了一片空地，从这里能够看到天上的星星在冲我眨巴眼，我觉得开心极了！"

"我竖起耳朵,不放过周围的一点儿动静,尤其是熊走动的声音。我每走几步,就要回头看看身后,以免有野兽埋伏在周围。我时刻保持着警惕,担心熊会一下子窜到我面前,向我发起攻击。

"然后,我走过一片树林,面前又出现了一片空地,我继续赶路,忽然发现路中间站着一头大熊。

"它直挺挺地站在那里,用强壮的后腿支撑起身体,圆圆的小眼睛正死死盯着我,从它的小眼睛里,我甚至看到了发现食物的喜悦。它的长鼻子和猪差不多,不断地闻着周围的味道。借着微弱的星光,我看到熊将前爪举了起来。

"那时,我害怕极了,连头发都立了起来。我停在原地,一步也不敢多走。那头熊也停了下来,看上去如同一根木桩,它的视线始终没有从我身上移开。"

"我很清楚,如果我直接绕过它,然后逃跑,那么它肯定会把我追进刚刚经过的森林,那里什么都看不见,熊的夜视能力很强,肯定比我看得清楚。在看不见的情况下和一头饥肠辘辘的熊搏击,那简直太恐怖了。这时,我真后悔没带着枪出门。"

"不过,就算再危险我也得选择从它身边绕过去,因为它挡住了我回家的必经之路。我心想,如果吓唬吓唬它,可能它一害怕,就会跑回森林里去了,我就可以继续赶路。想到这里，我平复了一下心情，然后深呼吸，猛地一下举起双手，使出浑身的力气大叫起来，朝它扑了过去。"

"但是，熊一点儿也没动，也没有发出声响。

"如果再靠近它，那就太危险了。它很可能会直接扑向我。于是，我不再叫喊，放下双手，站在原地盯着它看，它也一动不动地盯着我看。然后，我再次叫喊起来，还模仿其他野兽的叫声。可是它依然没动，甚至连姿势都不变。我一直大叫着，双手挥舞着，可是它依然纹丝不动。

"其实，那时我也可以往其他方向逃跑，可是那样也不安全。在森林里寻找食物的熊不只这一头，如果我逃跑的时候又遇到一头，那还不如老老实实待在这儿比较好，这样只需要对付一头熊。而且，我还想赶紧回家，我知道你们还在等我呢。倘若猎人在森林里遇到危险时，第一反应就是逃跑，那么我可能再也见不到你们了。

"我想了半天，不打算继续耗时间了。我看了看四周，从地上捡起了一根粗木棍。这其实是一根粗树枝，因为冬天压在树上的雪太厚，所以断掉了。

"我用双手拿着木棍，然后高高举起，快速冲向那头熊，使出浑身的力气将木棍打向熊头。'砰'的一声，打中了！

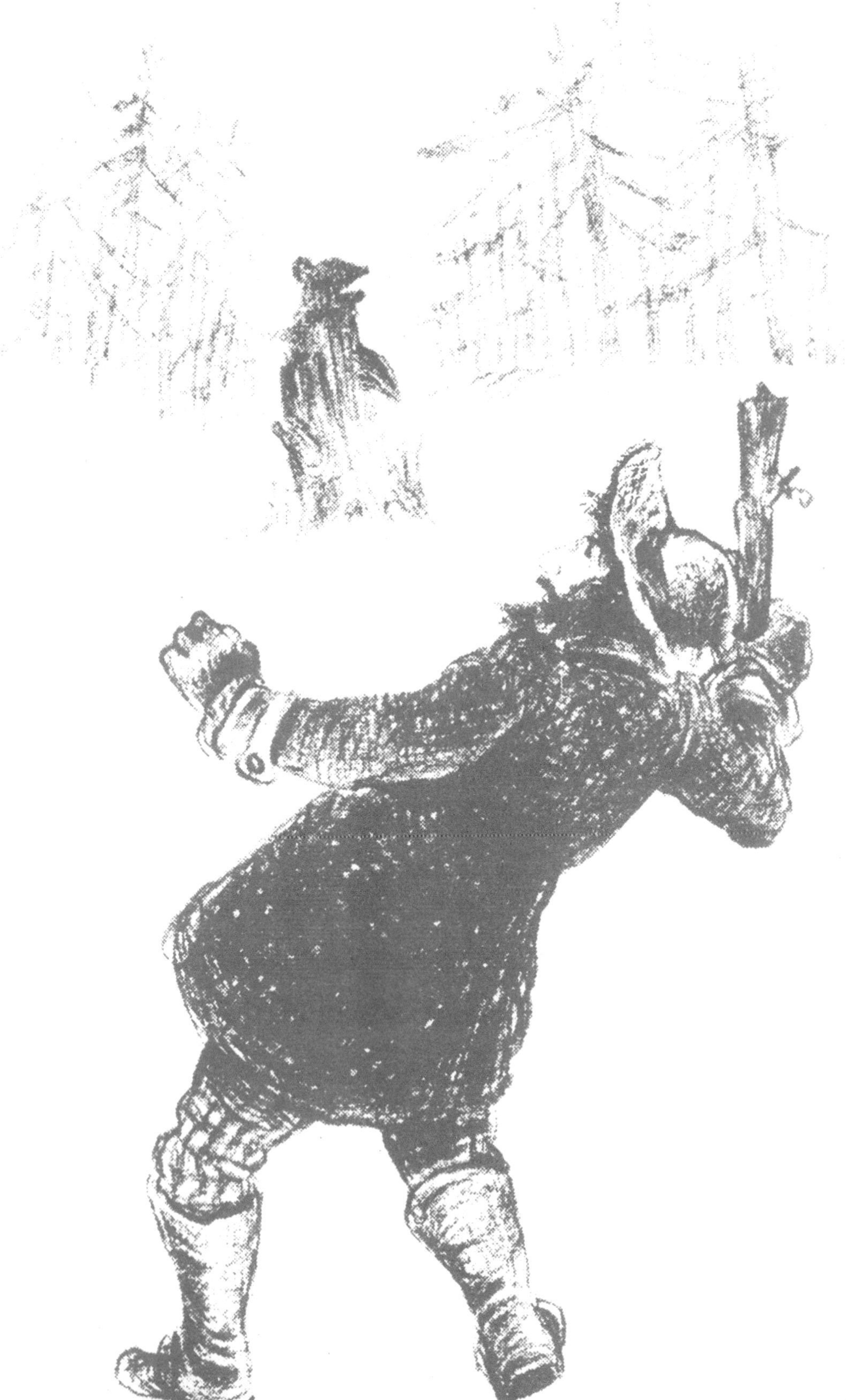

"但是，熊还是一动不动，直直地站在原地。我的胳膊都被震麻了。我仔细一看，原来那不是熊，只不过是一根被烧黑的粗树桩。早晨路过这里的时候我就看到了，还直接绕过去了。这里根本就没有熊，因为我过于担心才看错了。"

玛丽问："那真的不是熊吗？"

爸答道："的确不是，只不过是被烧黑的粗树桩。那时，我不停地大吼大叫，还挥舞着双手，没想到我吓唬的对象竟然是个树桩。"

劳拉说："不过，我们真地碰到熊了。但是我和妈没有被吓到，因为我们把它当做是咱家的奶牛了。"

爸没有说话，只是紧紧地抱着劳拉。劳拉说："真可怕，原来那头熊是出来找东西吃了，我们差点儿就被它当成食物了呢。"劳拉边说边往爸的怀里钻。"妈不知道，还走过去用手打了它一下，但是它没有一点儿反应，那可是头真的熊啊，这是为什么呢？"

爸答道："大概是你们把它吓到啦，所以一时没反应过来。当时，灯笼的亮光肯定闪到了它的眼睛，受到了惊吓。接着，不知情的妈又过去打了它一下，它觉得妈一点儿也不怕它。"

劳拉说："爸，你是个勇敢的猎人。即便你遇到的只是树桩，但你当时误以为那就是一头真的正在寻找食物的熊

呢。倘若你遇到了真的熊，你还是会拿树枝和它搏斗的，对吗？"

爸答道："当然，我肯定会的，我得回家呀，所以必须搏斗。"

这时，妈喊女孩们去睡了，她把女孩们的厚外套和里面的衣服脱掉，然后给她们穿上红色法兰绒睡衣，再把扣子一一系好。劳拉和玛丽跪在床边，虔诚地做睡前祷告：

> 主啊，我即将入眠，
> 求主保佑我的灵魂。
> 倘若我在睡梦中死去，
> 求主带领我的灵魂去天国。

妈在女孩们的额头上亲了亲，然后给她们盖好被子。可是，劳拉和玛丽并没有睡着，她们一声不吭地躺在床上，眼睛却滴溜溜地转。她们看着妈的一举一动：先拿出木梳，梳理秀发，然后借着灯光缝制衣服。四周安静极了，可以听到针和顶针轻轻碰撞的声音，还可以听到针线穿过印花布时发出的沙沙声。妈手里拿着的就是爸从镇上带回来的礼物。劳拉扭过头，看到爸正在用鞋油擦皮靴。他的鬓角、头发、棕色胡子，在烛光的映衬下散发出柔和的光芒，如同丝绸一般。他身穿一件格子花呢上衣，是妈亲手做的。衣服的色彩艳丽，爸显得特别帅气。爸和妈一起干着活，高兴地吹起了口哨，歌声随之响起：

> 天亮啦，鸟儿们一起高歌，
> 鸢尾花和常青藤花纷纷绽放，
> 太阳从东方冉冉升起，
> 可是我却将太阳姑娘埋在地下。

爸在家里的时候，小木屋又恢复了舒服、温暖的感觉。壁炉里的柴火烧完了，只剩下一些木炭，可是爸没有继续添柴。木屋外的森林里一片寂静，甚至能听到雪花落在地上的声音。屋檐下的冰柱渐渐融化，水滴落在地上发出"滴答"声。

过不了多久，森林里的树木又会萌发出新芽，树叶的颜色也会变得多种多样，玫瑰色的，金黄色的，嫩绿色的，五彩缤纷，好看极了。森林里种类繁多的野花也相继绽放。天空中的鸟儿欢快地飞来飞去。在接下来的日子里，女孩们不必一到晚上就得窝在屋里央求爸给她们讲故事了。她们可以一直在外面玩闹，不管白天还是晚上。寒冷的冬天过去啦，春天即将来临！

砂糖雪

最近一段时间，天气都特别晴朗，气温也逐渐升高了。早上醒来，窗户上再也看不到雪精灵留下的花纹，悬挂在房檐下的冰柱不断往下落，落在地上摔碎了。森林里潮乎乎的，树枝跟着风的节奏来回摇摆，那些树枝看起来黑黑的，上面的积雪也随着摆来摆去，然后一块块地落在地上。

玛丽和劳拉在屋子里紧紧贴着窗户，不断地向外张望。她们可以看到外面的积雪已经融化了，屋檐上、秃溜溜的树枝上都在滴水。雪变软了，不再发出耀眼的光芒，看上去死气沉沉的。树枝上的雪块砸落在地上，留下一些小洞，有深有浅，有大有小。堆积在门前小路两边的雪也开始融化了，看上去比以前矮了很多。

某一天，劳拉向庭院里张望时，看到有一块泥土地露了出来，而且还在逐渐变大。到了晚上，庭院里大部分土地上的雪都化了，只剩下小路上还有一些冰，路边的栅栏和放木柴的地方还积着一些雪。

劳拉问妈："我不能去外面玩，是吗？"

妈回答道："你是不是想说'我能出去玩吗？'"

劳拉改变了问法："嗯，我能出去玩吗？"

妈回答："劳拉，今天不能出去，但是明天就可以出去了。"

夜晚，劳拉突然从睡梦中醒来，浑身冻得直哆嗦，仿佛身上盖的被子变薄了，连鼻子都是凉的。妈又拿了一条厚被子盖在她身上。

妈说："劳拉，你和玛丽紧紧挨着，这样睡会暖和些。"

清晨，壁炉里的火被烧得旺旺的，屋子里又恢复了温暖。劳拉再次向外张望，惊奇地发现地上又堆积了一层白雪。树枝上的积雪犹如羽毛般松软，栅栏上也落满了雪，还有一个大雪球立在门柱上。

爸从外面回来,先抖掉身上的雪,又跺了跺脚,然后说:"外面都是砂糖雪呀!"趁爸不注意,劳拉赶紧用舌头尝了尝他袖子上残留的雪。劳拉感觉到很湿润,却没有丝毫的甜味儿,这些雪和冬天其他的雪一模一样呀。她舒了一口气,还好大家没看到。

劳拉扯了扯爸的衣角,问:"为什么称它为砂糖雪呢?"可是,爸这会儿顾不上解释这些,他必须立刻去爷爷家帮忙。

爷爷的家在森林的更深处,那里长着更多、更高大的树木。

透过小木屋的玻璃,劳拉看着爸魁梧的身影越走越远。他把装满子弹的猎枪背在肩上,把尖锐的斧头和盛火药的牛角系在腰间,然后就步行出门了。他走过软软的雪地,留下一串深深的大脚印。劳拉目不转睛地看着爸的背影,直到彻底消失。

爸回来得特别晚。妈在爸进屋前已经点好了煤油灯。他的腋下夹着一个大纸包,另一只手拎着个有盖子的木桶。这两样东西看起来都沉甸甸的。

爸对妈说:"卡洛琳,拿去。"一边说一边递过那两样东西,然后扭过身子,把枪挂在门上。

他又说:"倘若回来的时候碰上熊,那必须得把这些东西扔了才能开枪呀。"说完便高兴地笑起来。"不过,我要是扔掉这些,也就不用开枪了,那只熊一定对我不感兴趣。我只要站在一边,瞧着熊拼命吃包里的东西就行了。"

妈要打开大纸包了,女孩们都好奇地凑过去,原来那里面是两块圆形的饼,都是黄褐色的,大大的,硬邦邦的,和装乳酪的盘子差不多大。妈掀起了木桶的盖子,香气立刻弥漫出来,原来里面装满了褐色的蜂蜜。

爸把两个女孩叫过来:"看这里!"说话的同时从兜里拿出两个圆形纸包,分给了劳拉和玛丽。

她们赶紧将纸包打开,里面装着一块和大圆饼完全一样的硬饼,不过要小很多。饼的四周还有很多好看的波浪花纹。

爸眨着眼睛笑着说:"尝尝好不好吃。"

女孩们马上拿起小硬饼尝了一口,一瞬间,满嘴都是浓郁的甜味儿。硬饼在进入口中的同时就融化了,和酥饼差不多。这个硬饼可比圣诞节的糖果好吃多啦!

爸说:"你们吃的是枫糖饼。"

晚饭早早就开始了。女孩们将好吃的枫糖饼摆在盘子边,狼吞虎咽地吃着枫糖浆浇汁面包。

晚饭结束后,妈把一切都收拾干净。女孩们又一次坐在爸的膝盖上,围着火炉听故事。爸要给她们说说今

天在爷爷家干活时发生的事儿,还要讲讲他出门时提到的砂糖雪。

每逢冬季来临,爷爷都会在这几个月中不停地干活,用雪松木制成木桶,用白蜡树制成木槽。如果想要保持枫糖浆的原味,就必须用这两种木头制作容器。

爷爷有自己做木槽的方法。首先,对木棍的长度和粗细都有要求,木棍的长度必须和手掌差不多,粗细必须和两根手指差不多。他将木棍的一头劈成相等的两份,切下其中一份丢掉。做这些时得特别谨慎,倘若用力过猛,会将整根木棍彻底劈成两半,木棍就废了。按照这种方法劈开,木棍的一半呈半圆形,另一半呈圆形。然后拿出专门钻孔的器具,在半圆形的那半木棍上钻个孔,再把圆形的那半木棍钻透,像管子似的。再拿出小折刀,把圆孔外围的树皮削薄一些,只留下很薄的一层。最后,顺着半圆形那半上的小孔,用刀挖出一条凹槽。

爷爷不停地做,一口气做了几十个木桶和木槽棍子。春天来临时,天气稍稍变暖之后,枫树的树液开始顺着树干流淌,这时爷爷已经把这些东西都准备好了。

他把这些东西都带进枫树林中。拿出钻子,在树干上钻个很深的洞。再拿出有凹槽的那根木棍,用锤子将圆形的一端敲进树洞里。在这根棍子的尾端,把雪松木制成的

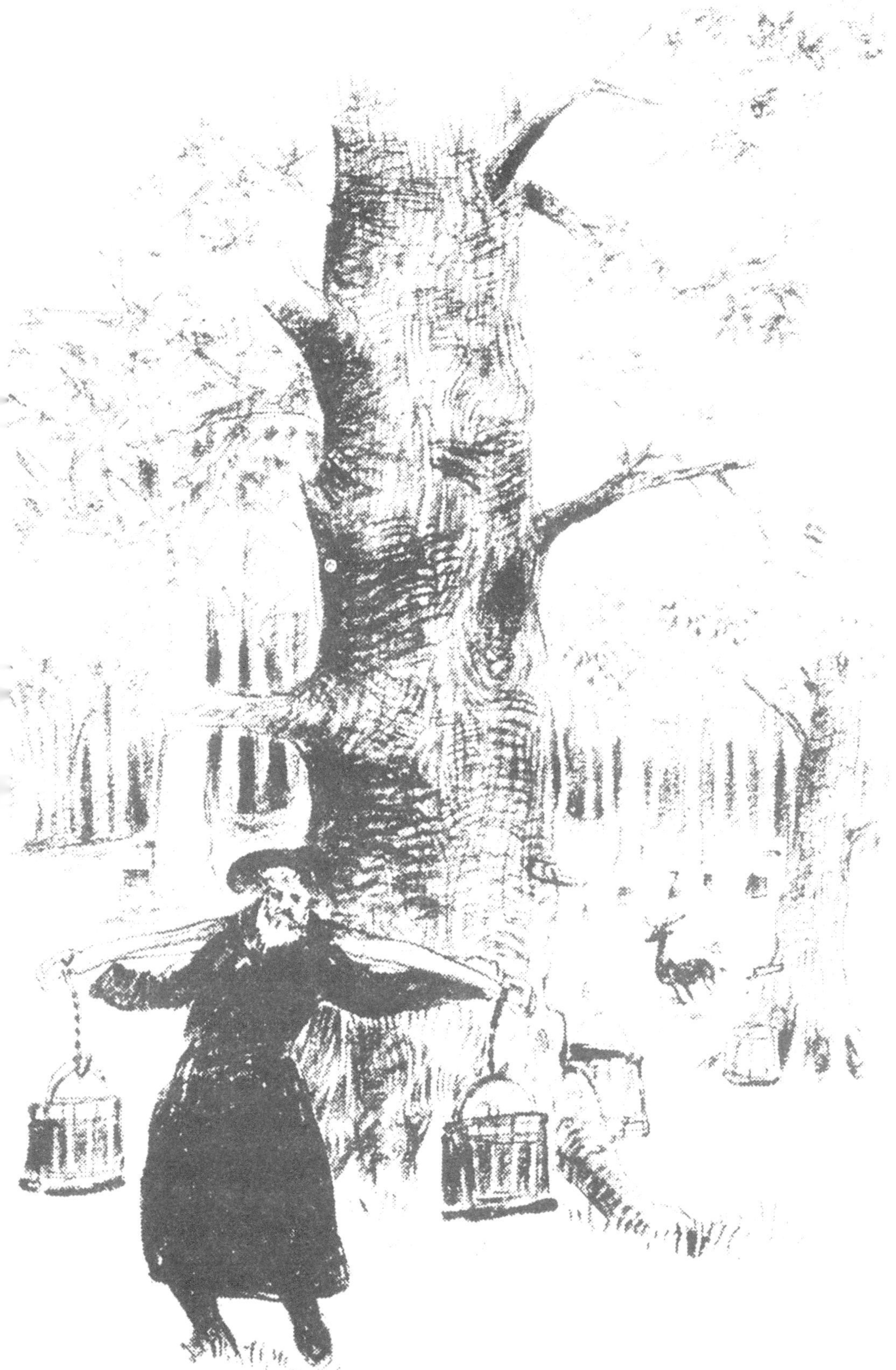

小木桶摆在地上，那些顺着凹槽流出来的树液就会流进木桶里。

"你们要知道，树液相当于树木的血液。春天来临之后，气温逐渐升高，树液会沿着树干向树枝流去，流到树枝的梢头，滋润树枝萌发新芽。

"在树液流经树干上钻出的洞时，一些树液会从里面向外流，经过凹槽流进木桶里。"

劳拉问："呀，那么枫树肯定很疼！"

爸说："不会的。劳拉，你想想看，你不留神被缝衣针扎破了手指时是什么感觉，枫树也是那样的，而且流不了多少血。"

在这期间，爷爷很早就要穿戴整齐出门采集枫树树液，长筒靴子、厚外套、毛皮帽子这些保暖的衣物都不能少。他用雪橇载着一个很大的木桶，在枫树之间滑行。到达树下时，先将小木桶里装着的树液倒入大木桶中，等把小木桶都倒干净了，再载着大木桶去熬制。爷爷用一个大铁锅熬制树液，他用两条铁链绑在铁锅上，吊在两棵大树中间，铁锅则放在树中间的一根粗壮的圆木上。

爷爷把大木桶中的树液统统倒入铁锅中。在锅底下生起火，将树液煮沸，爷爷需要全天观察着火势，必须把火烧得旺旺的，才能保证树液一直沸腾着。可是，火如果太大了又会导致树液溅起来撒到外面。

每煮一会儿,爷爷就会拿出提前准备好的菩提木长把木勺,将漂在树液上面的杂质捞出来。如果树液的温度过高,爷爷就拿勺子舀出来一些,举起来晾一会,然后再倒回去,给树液降降温,以免沸腾得太厉害。

树液不断被熬制着,当它变成浓浓的液体时,爷爷就将这些糖浆装进木桶里,然后接着熬其余的树液。等到糖浆变凉之后,凝聚成微小的颗粒时,这样就算熬好了。爷爷将锅底的柴火弄出来,用雪将火灭掉,迅速用勺子舀出浓浓的糖浆,装进预先准备好的牛奶盆中。盆子里的糖浆继续变凉,最终会成为硬邦邦的黄褐色枫糖。

劳拉望着爸,问道:"爷爷这个时候会熬制枫糖,因此这时的雪就是砂糖雪吗?"

爸答道:"不是的,那是因为倘若在这个时期降临一场大雪,那么就能收集到更多树液,做更多的枫糖了。寒冷的空气和冰雪能延缓树木发芽的时间,这样树液在树干中流淌的时间就更久啦。爷爷收集树液的时间也会更久,充足的树液可以做出很多枫糖,够家里吃一年了呢。爷爷到镇上卖皮货时,也不用买很多砂糖了,只准备一些招待客人就可以了。"

劳拉说:"那么爷爷看见砂糖雪一定特别高兴呢!"

爸说：“没错，他高兴极了。他说到了下周一，就准备开始做枫糖了，到时候邀请咱们都过去。”

爸顽皮地笑了起来，他总是最后才说好消息呢。爸看着妈说："卡洛琳，到时候还会有隆重的舞会呢！"

妈高兴地笑了起来，一副开心的样子。她停下手头的针线活，叫了起来："真不可思议啊，查尔斯！"

之后又低头继续干活，但是笑容却一直留在脸上。妈说："到时候我得穿上最喜欢的印花毛纱裙子。"

那是件又好看又雅致的连衣裙。底色是绿的，布满了漂亮的小草莓图案。爸告诉女孩们，那条裙子出自一个东部裁缝之手。当时妈还住在东部，嫁给爸之后才搬到了西部的威斯康星森林里。以前，妈的穿着打扮很时尚，衣服全都由裁缝量身定做。

这件连衣裙妈珍藏了很多年，用纸包着放在衣柜中。劳拉和玛丽都没见妈穿过。但是有一次，妈曾经给她们看过，还允许她们摸一下裙子胸前的深红色扣子。裙子的里面是鲸鱼骨，将裙摆支撑起来，显得特别好看。鲸鱼骨被许许多多十字交叉针密实地缝合起来了。

现在，妈终于要再次穿上美丽的裙子去参加舞会，看来这个舞会特别重要。女孩们的心情都很激动，不停地在爸的膝盖上蹦着、跳着，还询问了很多舞会的细节，爸都快招架不住了，说："我的小公主们，睡觉的时间到啦！等到了舞会的那天，你们就全都知道了。我要去给小提琴更换琴弦了！"

劳拉和玛丽吃过枫糖之后，手指和嘴巴都黏黏的，在上床之前，她们必须洗得干干净净，然后做祷告。结束后才可以爬上小床睡觉。这时，爸拉着小提琴开始唱歌了，他依然一边用脚打节拍，一边唱着：

哟嘿！
我是海军的领导者，
整天乐哈哈，
我把玉米和豌豆当做小马的粮草，
我完成了本以为无法做到的事情，
因为我是海军的领导者。
哟嘿！
我是乐哈哈的海军领导者！

去爷爷家参加舞会

礼拜一终于到了，为了能早些赶到爷爷家，大家很早就起床了。爸必须早点儿到，帮着爷爷采集树液，然后熬制枫糖。妈需要帮忙准备晚餐，和奶奶、姑姑们一起制作好吃的食物，以供参加舞会的人享用。

在暖暖的煤油灯光下，全家人吃了早饭。收拾干净之后，女孩们和妈一起铺好床。爸谨慎地收起小提琴，然后放在门外的雪橇上。

外面温度很低，天色灰暗。雪橇里已经铺上了暖和的毛皮，全家人坐在里面，穿着厚衣服，这样会觉得很舒服，而且很保暖。

马儿的头甩动了几下，突然向前跳出一步，雪橇开始前进了，清脆的铃铛声也响了起来。他们踏上了去爷爷家的路，朝着大森林深处驶去。

堆积在地上的雪融化之后，又冻成了冰，雪橇在冰面上快速地滑行，路两旁的树木一闪而过。

不久，太阳出来了，阳光透过森林撒落在地上，感觉很温暖。太阳光在空中一闪一闪，树干投在地上的阴影形成了一条狭长的金色光带，四周的白雪都被映成了淡粉色。在阳光下，动物的脚印一目了然，阴影的地方被映成了诱人的淡蓝色。

爸指着路边的动物脚印，一一给劳拉讲解：那些又小又圆的，看起来像是跳着往前走的，是白尾兔的脚印；那些细密的聚集在一起的，是田鼠的脚印。除此之外，也有大一些的脚印，看起来很像是狗脚印，可是爸却告诉劳拉，那些脚印的主人是一只红狐狸。还有一些脚印是一头鹿留下的，可以看出它跑跑跳跳地进入了森林。

温度渐渐变高了，爸说再过不久雪就全化了。

没过多久，他们就到了爷爷的小屋前。铃铛响个不停，奶奶听到后便走了出来，满脸笑容地把他们接

进屋里。

劳拉全家进入小屋后,奶奶告诉他们,爷爷和乔治叔叔已经去枫树林了,爸便马上起身赶去帮忙。妈抱着小卡莉,带着玛丽和劳拉到里屋脱掉厚厚的外套和披肩。

相比之下,劳拉更喜欢奶奶家的木屋,因为这里更大,可以玩的地方也更多了。屋子里有四个房间,大的是客厅,小的是乔治叔叔的卧室,还有一个是多西娅姑姑和鲁比姑姑共用的卧室。另一间是厨房,厨房里有个大火炉,把整个屋子都烤得很暖和。

屋子实在太大了,太好玩了。从壁炉的一端可以直接跑到屋子的另一端,中间会经过大房间的走廊。屋子的另一端有一扇窗户,奶奶的大床就摆在那里。屋里铺着宽宽的、厚实的木地板,这是爷爷把圆木劈成片,将表面一一磨光,再清洗干净后做成的。窗下的大床舒适极了,上面铺着厚墩墩的羽毛垫子。

劳拉和玛丽在大房间里欢畅地玩着,妈和奶奶、姑姑们在厨房做饭。转眼间,已经到了中午。去枫树林里干活的男人们随身带着午餐,中午就不回家了。因此,女人们在家里没有做正式的午餐,而是简单吃了些冻鹿肉三明治和牛奶。再过不久,奶奶就要开始做玉米布丁了。

奶奶把黄色的玉米粉洒进已经准备好的开水中,水里提前加入了盐巴。她一边撒，一边用木勺子在水中搅和，一把玉米粉撒完之后，再抓起一把继续撒。当锅里盛满稠稠的、黄黄的、不停冒出气泡的玉米糊时，奶奶把锅从火上移开，用锅里的余温再闷一会儿。

玉米糊实在太香了！屋子里到处都充斥着香气。厨房里飘荡着玉米糊的甜香味儿，壁炉里飘荡着山胡桃木燃烧时发出的清香，桌子上摆着一个针线篮，旁边还放着一个"苹果"，那是一个装满了丁香粉的香包，不停地散发出浓郁的花香。阳光透过干净的玻璃窗照进屋里，整个屋子看起来又大又干净。

晚饭的时间到了，爷爷、爸和乔治叔叔都回家啦，他们各自扛着一根木扁担。扁担表面被削得很干净，中间略带一些弧度，正好和他们颈部、肩部的弧度一致。扁担的两端都系着一条带钩的铁链，每个钩子上都挂着一个大木桶，里面装满了热气腾腾的枫糖浆。

那些在森林里熬好的糖浆差不多都被爸和爷爷装进桶里带回来了。他们挑桶的时候用手扶着，以免木桶来回摆动。扶牢之后就可以将木桶的重量都固定在他们的肩膀上。

奶奶移开了火炉上的东西，将洁净的铜锅放在上面。爷爷和爸一起使劲将枫糖浆倒入铜锅中。这真是一口巨大

的铜锅，可以装下四大桶的枫糖浆。

跟在后面的乔治叔叔也挑着两桶枫糖浆，不过是比较小的桶。看来，今晚大家可以吃一顿丰盛的枫糖浆玉米布丁了。

乔治叔叔以前是军人，现在已经退伍了。他总是穿着一身带有铜纽扣的蓝色军装。他的眼睛是蓝色的，从眼神中可以看到果敢和喜悦。他的身材高大魁梧，走路的样子气宇轩昂。

劳拉一边吃着玉米布丁，一边目不转睛地看着乔治叔叔，爸妈告诉过她，如今的乔治叔叔很野。

爸曾对妈说："乔治从战场回来之后，性子就野起来了。"爸边说边摇头，似乎很伤心，可是又不知道该怎么办。在乔治叔叔十四岁时，便背着家人去投军了，在军队里做了鼓手。

性子野的男人是什么样？劳拉不知道，也没见过，因此她很好奇，乔治叔叔是不是很可怕呢？

晚餐结束后，乔治叔叔邀请劳拉去外面听他吹军号。军号已经很旧了，声音悠扬、嘹亮，清脆得如同雪橇上的铃铛声，非常悦耳。这声音随着风飘进了森林的深处。夜晚的森林乌黑一片，四周没有一点儿声音，树木很安静地站在原地，似乎在聆听这悦耳的军号声。不一会儿功夫，军号声在森林中兜转了一圈之后，又折返了回去，声音很小，但是却能听得很清楚，似乎在森林的对面也有人在吹军号回应乔治叔叔。

乔治叔叔问劳拉："听到那声音了么？这是多么奇妙啊！"劳拉看着他，没有说话。等到乔治叔叔停止吹号时，她一转身跑了回去。

妈和奶奶一起收拾餐桌和餐具，还打扫了壁炉前面的地板。多西娅姑姑和鲁比姑姑早已回到了自己的房间，仔仔细细地给自己打扮一番。

劳拉和玛丽看着梳妆打扮的姑姑们，她们先把长发梳顺，然后分成几份，一一扎好。从额头到脖子后面的头发被分成两份。头的后侧、两耳之间的头发被分成上下两份，分好之后再将垂在后面的头发编成两条辫子，最后把辫子向上盘在一起，挽成两个好看的发髻。

姑姑们光是梳理额头的头发，就用掉了很长时间。她们将煤油灯举高，对着墙上的小镜子照个没完。她们把头顶的头发沿着中分线梳到两边，看上去很亮，很滑，灯光映得头发闪闪发亮，如同绸缎一般。甚至连鬓角那些微微蓬松的头发也闪闪发亮，头发最底下的部分也被卷好了，盘在发髻下方。

厨房里摆着一张椅子，那是放洗脸盆的地方。姑姑

们拿出肥皂，把手、脸蛋彻底清洗了一下。她们洗脸用的肥皂很香，是在商店里买的，而不是奶奶自己做的那种软趴趴、黏糊糊的褐色肥皂。奶奶自己做的肥皂被放在罐子里，经常会用到。

姑姑们穿上白色长袜，那是她们趁闲暇时间，用细棉线编织而成的，她们还在袜口编上了蕾丝花边和镂空图案。然后，她们又套上了精致的皮鞋，鞋上还缀着铜扣子。接下来，就该穿紧身束胸衣了，不过这得她们相互帮忙才行。多西娅姑姑使出了吃奶的力气，终于收紧了鲁比姑姑的束身衣带子。然后，多西娅姑姑扭过去抓紧床柱，鲁比姑姑也使劲将她的束身衣带子再次收紧。

多西娅姑姑扭过头，说："鲁比，再使点儿劲，拉紧！"劳拉觉得多西娅姑姑已经被勒得无法呼吸了，可是她却仍然让鲁比姑姑再拉紧点儿。鲁比姑姑只好将身体站稳，继续使劲拉，终于把带子收紧了。多西娅姑姑站了起来，不停地用双手在腰上比划，最后不得不长叹一口气，气喘吁吁地对鲁比姑姑说："不管再怎么收，也就只能如此了。"

多西娅姑姑又说道："卡洛琳曾和我说过，她嫁给查尔斯时，查尔斯用两只手就可以环抱她的腰。"劳拉和玛丽的妈就是卡洛琳，听到这里，劳拉心里得意洋洋，因为她听得出来，姑姑们在夸妈很美丽。

接着，姑姑们又将法兰绒衬裙、淡色布衬裙、缀有蕾丝的白色荷叶裙摆衬裙一一套上。经过多次浆洗后，白色衬裙已经变得白白的、硬邦邦的。最后，她们套上了精致美丽的外裙。

多西娅姑姑穿着深蓝色的外裙，由印花布制成，布满了红玫瑰和绿叶图案。束身衣的胸口处还缀着一排黑扣子，看起来很像一排好吃的大黑莓，劳拉几乎想要搂着多西娅姑姑啃上一口。

鲁比姑姑穿着紫红色外裙，也是印花布制成的，上面印满了淡红色的羽毛图案。束身衣胸口处则缀着金色扣子，扣子的表层还细致地雕刻着城堡和一棵树。

多西娅姑姑将一个刻着浮雕的圆形领针别在胸前，上面是一个贵妇的头像。鲁比姑姑则带着一个红玫瑰领针。那是她用蜡将玫瑰花固定在缝衣针的针头上做成的。针的针眼已经断了，不能继续用来缝东西了，她利用这根针做出了精致的领针。

姑姑们看起来特别可爱，外层的裙摆又大又圆，随着走动轻轻摆动着。由于穿着束身衣，腰部显得特别细，并且挺得很直。头发又亮又滑，将脸蛋衬托得更加水灵、红润，透露出年轻的气息，蓝色的眼睛里闪现出喜悦的光亮。

妈也精心打扮了一番。她穿上了那件漂亮的绿裙子，上面印着草莓叶子图案，裙摆上的褶皱很细，裙摆边缘是荷叶花边，还缀着许多由深绿色缎带做成的蝴蝶结。妈带着金色的领针，呈现出扇形的样子，扁扁的，和劳拉的两根大拇指差不多大，领针上雕刻着精致的图案。妈显得特别典雅、华丽，在劳拉心中，她就像天使下凡，劳拉甚至不敢去碰她。

不久之后，客人相继从远处赶来。一些人用灯笼照着路，三五成群地步行穿过森林走来。一些人用雪橇或篷车作为交通工具，一路欢笑着赶来。屋外一直回荡着雪橇的铃铛声，真是一个热闹的夜晚啊！

这会儿，屋子里挤满了人，男人们穿着亮闪闪的长筒皮靴，女人们穿着飘逸的长裙，宝宝们则躺在奶奶的大床上。詹姆斯伯伯和莉比婶婶带着小女儿一起来参加舞会，这个小女孩也叫"劳拉"。两个劳拉一起围在床边，仔细观察着小宝宝们。那个劳拉觉得自己家的小宝宝要比小卡莉可爱多了。

劳拉反驳道："她才不可爱呢，我妹妹卡莉比世界上其他小宝宝都可爱。"

那个劳拉不同意："不对，她不可爱。"

"她最可爱！"

"不对,她不可爱!"

妈穿着美丽的连衣裙走来,步伐柔美、高雅,她厉声训斥了劳拉:"你是个小女孩,必须要有礼貌才行!"

听完之后,两个劳拉都不说话了。

乔治叔叔依然在外面吹着军号,屋子里也回荡着响亮的军号声。爸拿过琴匣,取出了装着新琴弦的小提琴,屋子里所有的男女成对排成方块队形,随着爸的口号:"一、二、三、跳",所有人都伴着小提琴演奏的乐曲翩翩起舞。

爸喊道:"旋转起来吧!向左,向右,转圈!"手上继续拉动着小提琴。这时,屋子里的女人们旋转着裙摆,男人们使劲地用长筒皮靴敲击地板。跳舞的人们不停旋转着,并且画出圆圈的样子。女人们朝着一边转圈,男人们则向另一边跨步,再收回脚步。舞伴们手拉着手,举到空中后再松开。

爸再次喊起来:"旋转起你的舞伴吧!男士请向你左侧的女士行礼。"

大家都依照着爸的话去做。劳拉看了看妈,伴随着她的舞动,裙摆不断向各个方向飘荡,她微微弯下细腰,不时的伴随着舞步点头。在劳拉心中,妈跳舞的样子最高雅,最华贵。爸在拉小提琴的同时,大声唱起歌:

> 嗨，漂亮的女孩们，
>
> 今晚能出来参加舞会吗？
>
> 今晚能出来参加舞会吗？
>
> 今晚能出来参加舞会吗？
>
> 嘿，漂亮的女孩们，
>
> 今晚可以接受我的邀请吗？
>
> 我们一起在月光下翩翩起舞。

屋子里灯火通明，大家继续旋转着跳起来，裙摆像波浪一样飘荡着，靴子在地板上打着节拍。舞伴不停地向彼此鞠躬，然后分开，会和，再次鞠躬……

劳拉转过头，发现奶奶独自在厨房里，手上不停搅动着铜锅里煮着的糖浆。手里的木勺也跟随着音乐的节奏搅动着。厨房的后门摆着一个装满白雪的桶，奶奶把雪盛到碟子里，然后将糖浆舀出来浇在上面。

劳拉回过头继续看大家跳舞。这时爸已经开始演奏另一首曲子了，那是《爱尔兰的洗衣女》，他唱着：

> 没有找到舞伴的女孩们，
>
> 来来来，
>
> 踮起脚跟，

大森林里的小木屋
Little House in the Big Woods

仰起头,

一起来优雅地跳舞吧!

劳拉站在屋子一角,看着人们欢快地跳舞,自己的脚不禁也动了起来。乔治叔叔注意到劳拉的小动作,笑着托起劳拉的小手,带着她在屋子的一角慢慢跳舞。在这之后,劳拉变得非常喜欢乔治叔叔。

这时,大家停下了舞步,一起跑到厨房,边说边笑。大家试图邀请奶奶到屋子里来一起跳舞。今晚奶奶也精心打扮了一番,她穿着印花布裙,底色是深蓝的,上面印着一些秋季的叶子图案。奶奶高兴极了,脸蛋红扑扑的,不停地摇头拒绝,手里还拿着木勺子,说:"不行,糖浆不能没人管啊。"

爸又拉起了《阿肯色州的旅人》,大家伴着音乐的节拍一起拍手。奶奶终于不再拒绝了,优雅地鞠躬,然后独自跳了一段舞。她跳舞的样子美极了,绝对不比屋子里的其他人差,周围响起了热烈的掌声,盖过了小提琴的声音。

这时,乔治叔叔走了过来,朝着奶奶行了个礼,然后弯下左腿,右腿直直地支撑在后面,张开双手,腰部弯曲,邀请奶奶跳舞。然后,他便跳起了踢踏舞。奶奶直接

将木勺丢给身边的人，两手叉腰，面对着乔治叔叔，准备开始跳踢踏舞。所有人都激动地发出尖叫声。

站在旁边的劳拉也随着小提琴的节奏，和其他人一起用手打拍子。今天，爸的小提琴声尤其好听，奶奶的眼中透出喜悦的光亮，脸蛋红红的，裙子下的脚步快速拍打着地板，发出"嗒嗒"的声音，她的脚步一点儿也不比乔治叔叔慢，正好跟着节拍。

大家都看呆了，乔治叔叔的脚步一直没有停下来，奶奶也一直面对着他，不停地跳着，脚步轻盈。这首曲子结束了，可是爸并没有停下来，乔治叔叔的呼吸开始急促了，他擦了擦头上的汗。奶奶也开心地笑了起来。

人群里有人高喊："乔治，你赢不了她的。"乔治叔叔加快了脚步，比刚刚快了一倍。奶奶也照样加快了一倍。欢呼声响了起来。女人们围着奶奶鼓掌加油着，男人们围着乔治叔叔开玩笑。这会儿，乔治叔叔已经顾不上这些了，他已经累得快不能呼吸了，也笑不出来了。他把所有注意力都放在脚下，不停地跳着。爸看得也很高兴，他不禁站了起来，望着乔治叔叔和奶奶的舞姿，他也跳起舞来，不过是在琴弦上"跳舞"呢。劳拉兴奋极了，跳跃着，欢呼着，还不忘用手打节拍。

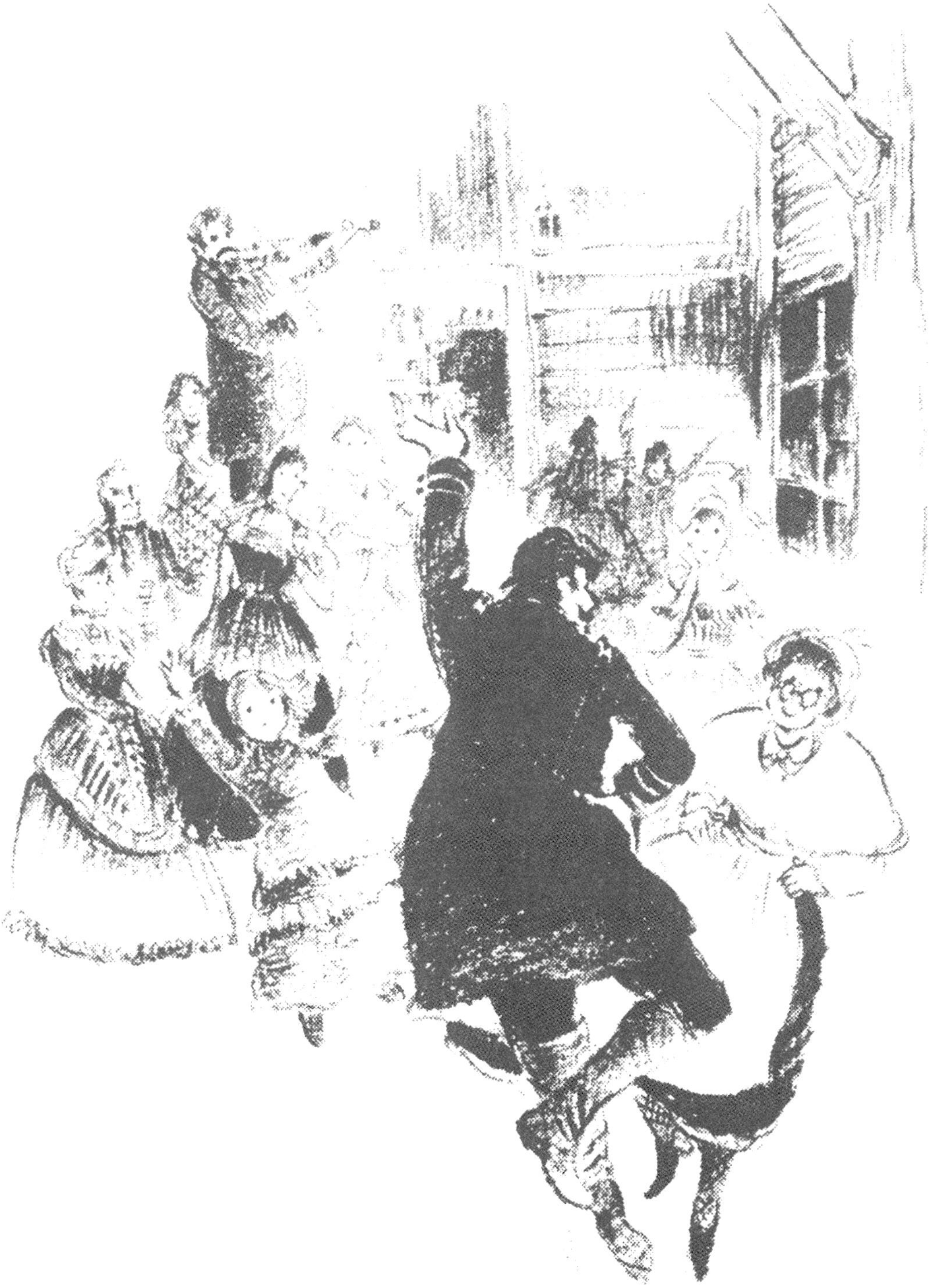

奶奶的踢踏舞没有停下来,两手叉腰,高高扬起下巴,笑容在脸上绽放着。乔治叔叔累得快不行了,可是他仍坚持跳着,用脚跟踩踏地板,发出"嗒嗒"的声音,不过,这时的声音没有之前那么清脆了,速度也变慢了。但是,奶奶的舞步却始终没有改变,随着音乐的节奏敲击着地板,发出"嗒嗒"声。乔治叔叔额头上的汗顺着眉骨流到脸上,被灯光照得亮闪闪的。

忽然,乔治叔叔把双手举到空中,舞步也停止了,用力喘着气,喊道:"我认输!"所有人都高喊着,庆祝奶奶的胜利,大家一起为奶奶热烈鼓掌。这时,奶奶并没有停下舞步,又跳了一会儿,才慢慢停下来。她一边喘着气,一边大笑起来,眼睛里充满了喜悦,爸开怀大笑的时候也是这样的。乔治叔叔也笑了,额头上的汗水不断往下流,他用袖子不停擦拭着。

忽然,奶奶似乎想起了什么,立刻转身拿着木勺跑向厨房。爸的小提琴声也停了下来,女人们聚在一起聊天,男人们围着乔治叔叔开玩笑。

不久,奶奶从厨房走进大房间,告诉大家:"糖浆已经做好了,大家来吃吧。"

又是一阵喧闹,所有人都争着往厨房里挤,取过餐盘之后又争着到屋外盛洁净的雪。厨房的门不断被打开,冷空气也不断钻进屋子里。

天已经黑了，星星挂在天上，闪耀着冰冷的光芒。劳拉的脸颊和鼻子被冷风刺得有些疼，她呼出的空气凝聚成水汽，像雾一般漂浮在空中。

两个劳拉，以及其他的孩子们，他们尾随着大人，拿着盘子到屋外盛雪，再回到挤满人的厨房。

奶奶守在熬制糖浆的铜锅旁，手里的木勺不断伸进锅里舀出热腾腾的糖浆，再浇到盛着雪的盘子上。糖浆遇到冷冰冰的白雪，很快就会凝聚成软软的糖块，和乳酪的样子差不多。大家很快就把它们吃完了。

吃爷爷做的枫糖浆，完全不用担心会拉肚子，吃再多也没事。大家都可以畅怀地大吃一顿。整个铜锅里都装满了好吃的糖浆，屋外随处都可以找到洁净的白雪。大家吃完之后可以再到外面盛一盘白雪，奶奶再把糖浆浇在上面。

等到大家都吃够了，可以到大房间去吃南瓜馅饼、干莓子馅饼、饼干和蛋糕，这些美食都已经提前摆放在房间一角的长条餐桌上。除了这些，餐桌上还有发酵面包、冰冻咸猪肉和腌制蔬菜。不过劳拉不喜欢吃腌制蔬菜，那味道太酸了。

大家的肚子都吃得圆滚滚的，再也塞不下了。然后大

小木屋的故事
Little House Books

家又再次翩翩起舞。这次，奶奶会一直守在糖浆边上，她每隔一会儿，就舀出来一些装在盘子上，搅一搅，看一看，觉得不满意，就又把糖浆倒进锅里。

大房间里热闹极了，充满了欢笑声、小提琴声和踢踏舞的"嗒嗒"声。

过了一会儿，奶奶把糖浆装在盘子上搅动时，看到糖浆开始凝聚出一些小颗粒，像沙子似的。这时，她朝着房间里的人大声喊着："多西娅，鲁比，你们赶紧过来，糖浆开始变成颗粒状啦！"

姑姑们和妈听到喊声后，便不再跳舞了，马上跑到厨房里。她们将所有盘子都摆在餐桌上，奶奶一勺又一勺地将热腾腾的糖浆装进盘子里。盘子装满后，妈马上又把空盘子摆上去。然后，她们将装着糖浆的盘子摆到边上冷却，等它变成枫糖。

这时，奶奶说："去把平底锅拿来，给孩子们装些枫糖吃。"

大人们把小平底锅分给孩子们，每个孩子都拿着属于自己的平底锅，围在厨房口焦急地等待着，希望奶奶赶紧把枫糖浆舀进自己的平底锅里。生怕到最后没有自己的份了。

还好，糖浆正好能平均分给每个孩子。奶奶用木勺把铜锅壁上的糖浆刮下来，刚好将最后一个孩子的平底锅盛满。大家都是公平的，谁也不会被落下。

屋子里依然回荡着小提琴声，大人们还在跳舞，似乎完全不会停下来。起初，两个劳拉站在屋子的一角观看，等到站累了，她们便坐下来看。舞蹈优雅，悦目，音乐轻快，动听。劳拉特别喜欢舞会，就算一直看，一直听，也不会觉得腻。

漂亮的裙摆依然在旋转，亮闪闪的皮靴依然在地板上打着节拍，小提琴声依然优美动人。

一觉醒来，劳拉发现自己睡在奶奶的大床上。天已经亮了，昨晚妈、奶奶、小卡莉一起睡在这张床上。爸和爷爷裹着毛毯睡在暖炉旁。玛丽和姑姑们睡在一起。

没过多一会儿，所有人都起来了。早饭是薄煎饼和枫糖浆。早饭一结束，爸就套好雪橇，牵着马走到门口。

雪橇里面已经烤热了，妈抱着小卡莉，在爸的搀扶下坐进雪橇里。爷爷抱起玛丽，乔治叔叔抱起劳拉，然后把她们放在雪橇里，坐在厚皮草上。爸爸最后上车，用厚外套和袍子将大家严严实实地裹好。爷爷、奶奶、乔治叔叔一起向劳拉一家大声告别。然后，劳拉一家坐着雪橇出发了，朝着大森林驶去。他们就要回家了。

天气晴朗，马儿轻快地奔跑着，马蹄踏过的地方可以

看到雪下的泥土。雪橇在雪地上滑行着,劳拉可以清晰地看见马儿的脚印,它们都透过薄薄的砂糖雪,印在了泥土地上。

爸说:"天黑之前,砂糖雪就会全部融化啦!"

全家一起进城

砂糖雪全部融化了,预示着春天来了。栅栏旁的榛树已经萌发出新芽,成群结队的鸟儿们停落在这里,欢快地吟唱着歌曲。草又恢复了原本的绿色,野花也漫山遍野地盛开着。无论走到哪里,都会看到完全绽放开的金凤花、紫罗兰、米兰花,以及如同繁星般的小白花——草子花。

气温升高之后,劳拉和玛丽想脱掉鞋子去外面玩耍。妈同意她们出去玩,但是,第一天的时候,只允许她们围着院子里的柴堆跑一圈,然后就要回来。因为这个时候雪

水渗进了泥土里，地上会特别冰凉。第二天，女孩们可以到远一些的地方去玩。没过几天，妈便收回她们的鞋子，擦干净后放起来。女孩们可以不穿鞋子在外面跑来跑去。

到了晚上，她们必须在上床前将双脚清洗干净。因为脚踝和脚丫子一直露在外面，被太阳晒过之后，皮肤就会和脸一样变得黑黑的。

小木屋前的院子里种着两棵橡树，又高又大，这里便是孩子们的"游戏房"。其中一棵树属于玛丽，另一棵属于劳拉，她们的游戏房都在各自的树下。地上铺满了新长出来的小草，绿绿的，软软的，就像地毯似的。橡树枝头的绿叶又可以为游戏房遮风挡雨，相当于屋顶。树叶中间留出的空隙，将蔚蓝的天空分成了很多块。

这段时间，爸用坚韧的树皮做成藤条，给女孩们架起一个秋千，爸在属于劳拉的橡树上选出了一根相对较低的粗树枝，把秋千系在上面。劳拉觉得，既然在我的树上，那秋千就属于我。妈教育她说，女孩应该学会分享，如果玛丽想玩秋千，就应该和玛丽一起玩。

玛丽的玩具是一个有裂痕的旧盘子。劳拉的玩具则是缺了一块的杯子。劳拉的游戏房里还住着布娃娃夏洛特、内蒂，还有爸送给她的两个木头人。每天，她们都去采摘树叶，然后给布娃娃做树叶帽子、树叶衣服，还做出树叶杯子、树叶碟子。她们将光面的石头摆在娃娃们面前当桌子，那些杯子、碟子就摆在上面。

这时，外面暖暖的。爸从牲口棚里牵出奶牛和马儿，让它们到森林里去找新鲜的草和叶子吃。爸又养了两头小牛，让它们住在牲口棚里。猪圈里住着一只母猪和七只小猪崽。

去年秋季，爸收完地里的粮食之后，就重新开垦了这块地。现在，他得重新犁地，使土壤松软起来，然后妈才能播种。一天，爸在地里干完活后回到家里，神秘兮兮地说："劳拉，你猜我在地里看到了什么？"

劳拉猜了很多次，可是都不对。

爸说："它们可是非常漂亮呢。清晨，我正埋着头干活，不经意抬了一下头，发现树林边有一头鹿。我可以分辨出那是母鹿，你们肯定想不到，她身边会是什么？"

女孩们一边拍手一边喊着："一定是小鹿！"

爸说："正确！你们简直太聪明了。母鹿的身边还靠着一头鹿宝宝，它长得好看极了，眼睛乌黑明亮，看上去很友善，身上的毛看起来柔柔的、软软的，只有鹿宝宝才会有这样的颜色。它的腿特别细，跟我的大拇指粗细差不多，嘴巴小小的，鼻头湿湿的。它直直地站着，亮闪闪的眼睛盯着我看，或许它正在奇怪，像我这样两条腿的是哪

种动物。它似乎根本不害怕我。"

劳拉有些担忧，问道："爸，你不会伤害鹿宝宝吧？"

爸答道："放心，我的宝贝劳拉，我肯定不会伤害它的。我也不会伤害鹿宝宝的爸妈，失去了爸妈的保护，鹿宝宝独自在森林中是无法存活的。那么，这段时间我不再打猎了，直到那些幼崽都成年后，我再去打猎。不过，从现在开始一直到秋天，你们就吃不到新鲜的肉啦，我们只能吃之前储存起来的肉。"

爸又告诉女孩们，等播种的工作全部做完，他会带全家人一起进城。今年，劳拉和玛丽都足够大了，可以带她们去镇上了。

这个消息令女孩们激动不已，感觉一天也不能多等了。第二天，她们就开始玩假装进城的游戏了。但是，她们只是凭想象玩着，因为她们对城里完全不了解，也不知道那里是怎样的，有哪些东西。她们曾经听爸提到过，那里有商店。但是，女孩们根本不知道什么是商店，也想不出那会是怎样的地方。

那天之后，女孩们总是用布娃娃玩进城的游戏，让娃娃们问自己，是否可以带她们进城。劳拉和玛丽温和地回答："今年是不可以的，我的宝贝，我不能带你们去。如果你们表现好的话，也许明年会带上你们哦，和全家人一起进城。"

等待的时间总是特别难熬。终于，一天晚餐后，爸宣布："明天清晨，我们一起进城去吧。"

那晚，每个人都有很多事要做，最忙的要数妈。虽然不是周六，可是妈要烧水给女孩们洗澡，然后细致地将她们的头发分成几份，用梳子蘸些水，将每缕头发都梳平整，再用布条将每份头发都扎好。弄好之后，女孩们的头上到处都是小包，躺下休息的时候，不论怎么睡，都会被小包顶住头，感觉很难受。但是，为了明天散开头发后，能有一头好看的卷发，她们愿意忍耐，等睡着以后就不会难受啦。

爸的这个消息让女孩们激动不已，满屋子乱跳，乱跑，完全静不下来，睡前祷告也没做好。等到孩子们睡下之后，妈没有像往常一样继续做针线活，而是去准备明早要吃的东西。她又拿出好看的长袜、衬裙，还有棕色底、印着紫色花纹图案的外裙。最后，又小心地熨烫爸最好的衣服。

随着春天来临，白天的时间也变长了。劳拉一家吃早饭的时候，天已经亮了，妈便灭掉了煤油灯。劳拉向外看了看，今天的天气格外晴朗，格外诱人。

妈催着女孩们赶紧将早饭吃完，然后迅速将餐具和餐

桌收拾干净。当妈去铺床的时候，劳拉和玛丽将妈昨晚拿出来的长袜和鞋子——穿整齐，妈忙完之后给她们穿上最美的裙子。玛丽的是淡蓝色印花布裙子，劳拉的是深红色印花布裙子，做这两件裙子用的布料，就是爸之前去镇上卖兽皮换来的，在妈的巧手下，布料变成了非常好看的裙子。玛丽帮劳拉扣上背后的扣子，妈帮玛丽扣上背后的扣子。

然后，妈将她们头上的布条一一解开，再用梳子梳通，卷卷的长发披在肩头，如同波浪一般。妈梳得非常快，遇到打结的地方，就得使劲梳过去，劳拉觉得头皮一阵阵发疼，但是她忍着不出声。玛丽有一头漂亮的金发，劳拉的头发是泥土般的棕黄色，她不喜欢自己头发的颜色。

一头漂亮的卷发终于打理好了，妈为她们分别带上小太阳帽，然后将带子拉到下巴的位置，系了一个美丽的蝴蝶结。最后妈才给自己打扮，别上亮闪闪的金色领针，戴上帽子。这时，爸牵着马车到屋外等着她们。

爸把马儿浑身都清洗干净了，马儿的毛发看起来特别亮，车厢里也收拾得干干净净，爸还把一块毛毯铺在了座位上。妈抱着小卡莉，坐到了前座，爸也坐在那儿。劳拉和玛丽牵着手，一起坐在了后座。

马车慢慢走着，大家感受着春意盎然的森林，心情特别愉悦。小卡莉在妈怀里扭来扭去，一直笑个不停。妈慈爱地看着她，也不禁露出了充满幸福的笑容。爸一边赶车，嘴里一边吹口哨。春日的暖阳照在地上，映射着大森林的勃勃生机，也映射着走在路上的幸福人家。森林里传出香甜、清爽的气息。

马车前面，有几只兔子在那里做游戏，它们的前爪又小又短，正缩在胸前一晃一晃的。这时，兔子抬起下巴，抽动着鼻子去闻四周的青草味儿，长长的兔耳朵也扭个不停，阳光洒落在上面，看起来似乎像蝉翼一样透明。马车逐渐接近这些小兔子，发出的声音也逐渐变大。忽然，小兔子一下子跳到了路边，只能看到它那短短的白尾巴，然后兔子又一蹦一跳地进入了森林。有两次，女孩们看见兔子潜伏在树林的阴影里，正用它们的大眼睛警惕地盯着劳拉一家。

小木屋离镇子有七英里路，那个镇子名叫裴平镇，旁边就是裴平湖。

马车走了好长时间，忽然，劳拉看到树林的空隙中有一道蓝光闪过，原来那是一条被树林分割开的河流，这时，硬邦邦的泥巴路不见了，变成了松软的沙道。马车的车轮陷进了沙子中，马拉起来很费力，不停地喘着粗气，出了很多汗。于是，爸停止赶路，让马休息一会儿。

这时，他们走出了森林，没有了树木的遮挡，一下子

可以看到很多东西。劳拉看到了裴平湖，湖面如同天空一般湛蓝，大得看不到头。她站在马车上，伸着脖子眺望，眼前只有无尽的湖水，湖面没有一点儿波澜。在视线的尽头，劳拉看到天空和湖水连成一线，那条交界线呈现出更深的蓝色。

劳拉一抬头，看到了广阔的天空，她第一次发现原来天空竟然这么广阔。她站在马车上，眼前那广阔的天空和湖面，让她觉得自己是如此微不足道，她突然有些害怕。但是，她又坐了下来，她感到很温暖，因为她知道爸、妈、玛丽会和她在一起。

温度升高了，大家觉得有些热，这时太阳已经爬到高空中。他们已经出了森林，四周没有树木能够遮挡阳光了。和看不到尽头的天空相比，森林好像也变小了。

爸一拉缰绳，马车停住了。他扭头喊着："玛丽，劳拉，我们到啦，我用马鞭指的位置就是裴平镇了。"

劳拉踩在她刚刚坐的地方，使自己尽量更高一些，爸扶着她的胳膊。劳拉向远处望，看到啦，那就是裴平镇，她兴奋得喘不过气。她想起了爸唱过的关于美国佬进城的歌，终于知道他们为什么进城之后却不知道城在哪儿，因为这里有数不清的房子，完全不知道哪里是尽头。

湖边有一幢很气派的房子，特别醒目，那就是爸平时去卖东西的商店。这幢大房子和小木屋不一样,它不是用圆木盖的,而是用宽木板拼在一起盖起来的,商店的四周都铺着又细又软的沙砾。

商店的后面有一块很大的空地,那里的树木都被砍掉了。相比之下,爸在小木屋旁边开垦的那块空地要小得多。城里的房子多极了,劳拉已经数不过来了。这里的房子都是用宽木板拼在一起盖成的,完全不同于森林里的小木屋。

这里的房子太多了,让劳拉感到非常惊奇。房子的间距很小,从这家的窗户都能看到别人家的阁楼呢。不过,这些房子不像商店那么大。

在这里,还有一幢房子是鲜黄色的,爸告诉她,这是用新木板建成的,所以它还没有变旧变灰。

房子里都住着人,家家的烟囱里都冒出炊烟。今天不是周一,可是这里的女人们还是会洗衣服,晾晒在屋外的树丛或树桩上。

商店里,空地上都有孩子们做游戏的身影。阳光照在空地上,看起来很温暖,很愉快。孩子们在树桩之间跳来跳去,到处都是欢笑声。爸说:"看,裴平镇就是这样的。"

劳拉都看呆了,她木讷地点点头,眼睛始终盯着裴平镇,一声不吭。过了很久,她才再次坐下,爸赶着马车继

续前进。

他们停在了湖边，爸将车从马身上卸下来，把马拴在车厢的旁边。爸双手牵着两个女孩，妈抱着小卡莉，一起走过铺着细沙的路，朝商店走去。地上的细沙被晒得有些热，劳拉走过时沙子从她的鞋缝里钻了进去。

商店的外面有一个大大的台子，台子的一端是木质的楼梯，被插进了地里。这时，劳拉激动得心跳加速，她快不能控制自己的腿了，因为她全身都在打颤。

原来这里就是爸经常来做生意的商店呀。他们一进门，站在柜台里的老板就看到了爸，他走过来和爸妈攀谈，这时，劳拉和玛丽必须得有礼貌地打招呼才行。

玛丽微笑着对商店老板打招呼："先生，您好。"可是劳拉太紧张了，什么也说不出来，只是动了动嘴巴。

老板说："看，你们的女儿真漂亮。"他还赞美了玛丽亮眼的金色卷发，但是却没有赞美劳拉和她的卷发，这时，劳拉更加讨厌起自己泥土般的棕黄色头发。

商店里面有很多好东西，劳拉的眼睛都不够用了。商店里的其中一个货架上摆满了印花布料，什么颜色都有，如同彩虹一般并排放在那里。有好看的粉红色，高雅的蓝色，神秘的紫色，艳丽的红色，还有稳重的棕色。柜台一边的地上还摆放着很多桶铁钉和铁弹丸，还有一个木桶里装着好吃的糖果，木桶旁边放着一个罐子，里面装着袋装食盐，还有黄色的砂糖。

商店最醒目的位置，放着一把耕地用的犁，木质的犁身被打磨得很光滑，犁刀也被擦得很亮。商店的一角堆着很多斧子、铁锤、锯子的半成品，它们都还没装上木把手。墙上还挂着猎刀、削皮刀、杀猪刀，还有方便携带的小折刀。商店里还有专门放鞋子的架子，上面放着大皮靴、小皮靴，大鞋子、小鞋子。

商店里的东西太多了，劳拉想着，即使待在这看几个礼拜，可能也看不完。这些奇妙的东西她从来都不知道。爸和妈细心挑选着，过了很久还没选好。老板拿出很多匹布料，一一展开给妈看。妈摸一摸质量，然后商量价格。女孩们站在旁边看着，可是不能用手摸。印花布料的颜色和花纹都非常漂亮，商店里的印花布料好像怎么也拿不完，一匹匹地摆放在货架和柜台上，看得眼睛都花了，劳拉也没有主意，不知道选哪种好。

妈最终买了两种印花布料给爸做衬衫用，又买了一块棕色条纹的粗布布料，给爸做日常工作服用，还有一块是白布，用来做床单和内衣。

爸又要买一块印花布料，用来给妈做新围裙。但是妈却不要。

爸眨巴着眼睛，笑着说："一定得要，你如果不选自己喜欢的布料，那么我可要给你买那块艳红底色、黄花图案的布料啦！"妈听完之后脸都红了，不禁笑了起来。然后，她选了一块浅黄底色、玫瑰花图案的布料。

爸还买了一条背带和一些烟草。妈买了茶叶和砂糖，有客人到家里来的时候会用到。砂糖是温和的浅黄色，要比黑色的枫糖好看。

要买的东西都选好了，爸妈付了钱之后，老板还送给女孩每人一块糖果。这让她们太意外了，高兴得说不出话，只是呆呆地盯着手里的糖果看，这时，玛丽反应过来了，对商店老板笑着说："谢谢。"

劳拉依然呆呆地站在那，一声不吭。大家都在等她道谢呢，但是她却什么也不说。妈小声说："劳拉，现在你需要说什么呀？"

劳拉这才反应过来，吞了下口水，轻声说："谢谢。"

他们和商店老板说了再见，然后就离开了。商店老板送给她们的是两块乳白色的糖果，又扁又薄，还是心形的呢。每块糖果上都有红色字母，妈念给她们听，玛丽的糖果上刻着：玫瑰是红色的，紫罗兰是紫色的，糖果香甜，你也如此甜美。劳拉的糖果上刻着一句话：香甜的糖果送给甜美的你。

Fry's Cocoa
SUNLIGHT SOAP.
HIGHEST AWARD CHICAGO 1867
SOAP MAKERS TO
THE QUEEN

小木屋的故事
Little House Books

两块糖果的大小一样，只是劳拉糖果上的字母比较大。

他们离开商店时再次走过楼梯，走过沙地，然后朝着停在岸边的马车走去。车厢的下面有马儿的午餐——燕麦，那是爸提前预备好的。他们在马车旁边的沙地上铺好野餐布，妈将野餐盒打开，全家人一起坐在地上享用午餐，还可以享受温暖的阳光。妈准备了黄油面包和乳酪，还带了煮鸡蛋和馅饼。裴平湖的水面翻滚着波浪，湖水"哗哗"地爬到他们脚边，然后又退回湖里。

午餐结束后，爸又回到了商店去找人聊天。妈抱着小卡莉在湖边晒太阳，看着小卡莉入睡。这时，劳拉和玛丽开心地在岸边跑着玩，岸边的小石头被湖水冲刷得很光滑，她们捡了一些好看的装在口袋里。这些石头反复被湖水冲上岸，又带回湖中，表面被冲刷得很圆、很光滑，漂亮极了。大森林里可见不到这样的石头。

劳拉开心地在岸边奔跑着，如果看到漂亮的卵石，她就马上捡起来。岸边的卵石太多了，都那么漂亮。最后，她把口袋塞得满满的，直到再也塞不下为止。这时，劳拉听到爸的呼唤，就赶紧跑向马车。马儿也吃够了粮草，爸重新套上了马车，现在该回家了。

劳拉很高兴，她装了满满一口袋卵石。但是出乎意料的事情发生了，爸抱起劳拉上了马车，劳拉正要坐下，没想到卵石太多了，把口袋一下子撑开了。口袋和衣服的接缝处扯开了，卵石掉得到处都是。

劳拉大哭起来，她最喜欢这件衣服了，可是现在破了。

妈让爸抱着小卡莉，跑到劳拉身边，观察了衣服破开的位置，然后告诉劳拉："没事的，回去之后我把这里缝合好，就会像新的一样。"妈拉起衣摆和口袋，让劳拉仔细看看，其实衣服和口袋都没有破。那个口袋只是妈缝在上面的一个小荷包，因为卵石太沉了，缝合的线断开了。妈可以把它恢复原样。

妈说："劳拉，去捡那些掉在车厢里的卵石吧，以后不要这么贪心呀。"

劳拉仔细地捡起卵石，一一放回口袋里，她将被扯掉的口袋放在腿上。爸笑着说，劳拉好贪心呀，可是劳拉不在乎爸的话。

玛丽不会做出这样的事情，她很乖，衣服总是整整齐齐的，还时刻告诉自己要做个有礼貌的孩子。玛丽拥有美丽的金色卷发，还得到了写着诗的心形糖果。

玛丽坐在劳拉旁边，一看就是个乖女孩，衣服很平整，全身都很干净。劳拉觉得很不公平。

可是，不管怎么说，这一天很精彩，劳拉从没觉得这么开心。劳拉心里回想着湖水、镇上的景色，以及商店里琳琅满目的东西。她紧紧拿着装着卵石的口袋，生怕再掉出来。那块心形糖果被她用手帕包了起来，她想带回家珍藏起来。这块糖果这么好看，如果吃掉就太可惜了。

马车慢慢进入了森林，向家的方向驶去。太阳下山了，四周逐渐暗了下来。不过，等太阳的金色光芒彻底消失后，月光又会爬上天空。大家一点儿都不担心，因为今天出门时爸随身带着猎枪呢。

皎洁的月光从树枝的间隙中透了出来，洒落在地上，投射出光亮和阴影。马儿在路上飞驰着，留下一串"嗒嗒"的马蹄声。

劳拉和玛丽一路上都没有出声，因为今天玩得太累了。小卡莉在妈的怀抱中睡着了，妈也一直静静地坐着。这时，爸轻声唱了起来：

> 就算体味过所有乐趣，
> 就算游览过所有华丽的宫殿，
> 可是没有什么地方，
> 能够比得上我简陋却舒适的家。

拜访亲朋的季节

一转眼,夏天就到了。人们纷纷去亲朋家拜访。有时,亨利叔叔、乔治叔叔、爷爷会到家里来玩,马儿是很好的交通工具。每当他们来的时候,妈都会去门口迎接,然后告诉他们,爸正在地里干活。

妈会准备丰盛的食物来招待客人,吃午餐的时间也更久了。在开始下午的工作前,爸和妈会和客人们聊聊天。

有时,妈会派劳拉和玛丽去拜访彼得森太太,她们沿着山路走下去就到了。彼得森一家是这里的新住户,房子

也是刚刚盖起来的。彼得森家没有淘气的小孩子，所以屋子里总是整整齐齐的。彼得森太太来自瑞典，她家有许多瑞典的特产，玛丽和劳拉去的时候，她会将这些漂亮的特产拿出来展览，有花边，有色彩斑斓的刺绣，还有工艺精良的瓷器。

彼得森太太讲的是瑞典语，劳拉和玛丽讲的是英语。但是，她们交流起来没有障碍，也不需要翻译。等女孩们准备回家时，彼得森太太会拿饼干给她们吃，每个人都会得到一块。她们回家的时候可以边走边吃。

劳拉觉得饼干很好吃，她在路上会吃掉一半，玛丽也会吃掉一半，她们会将各自剩下的半块饼干留着，到家之后给妹妹小卡莉吃。这两个半块饼干放在一起就是一整块饼干啦！

可是，这样做似乎不太公平。其实，她们是想把两块饼干和小卡莉平均分配。但是，如果玛丽吃一半，劳拉都吃完，或者劳拉吃一半，玛丽都吃完，这样也不公平。

她们实在没办法了，所以，只能每人只吃一半，将另一半都留给小卡莉。不过，她们还是觉得这个办法不太公平。

有时，邻居会转告妈，说过段时间要一起到家里玩。为了招待客人，妈要忙里忙外地打扫卫生，准备食物，那袋砂糖也要用来招待客人。等到了约好的日了，邻居会早早赶着马车过来，劳拉从没见过的一些大人，还有小孩，

大森林里的小木屋
Little House in the Big Woods

会到家里来玩。

赫里特先生和太太每次到家里来玩,都会带上他们的孩子——伊娃和克拉伦斯。伊娃是个不爱说话的女孩,她长得很可爱,眼睛和头发都是黑色的。她在玩耍的时候,也时刻保持着衣服的整洁。玛丽也是这样的女孩,所以她喜欢和伊娃一起玩。劳拉则不同,她比较喜欢克拉伦斯。克拉伦斯的头发是红色的,脸上长着很多雀斑,一直笑呵呵的。他身上穿着一套蓝色衣服,非常好看。上衣前缀着亮闪闪的金色扣子,连领口也有扣子。衣服还有穗带镶边,鞋头包裹着铜片,看起来亮闪闪的。劳拉很想当男孩,因为只有男孩才能穿这样的鞋子。劳拉和克拉伦斯玩得很开心,跑啊,喊啊,还一起爬树。在这个时候,玛丽和伊娃却很斯文地散步,轻声交谈。妈和赫里特太太一起闲话家常,一起看《哥德妇女手册》——那是赫里特太太拿来的。

爸和赫里特先生一起抽着烟,兴致盎然地一起去看马匹和庄稼。有一次,罗蒂阿姨来家里做客。早晨,劳拉极不情愿地站了很长时间,等着妈解开系在头发上的发带,然后将头发梳通,这样就会有一头漂亮的卷发。玛丽已经梳妆打扮好了,她规规矩矩地坐着,金色的卷发非常有光泽,蓝色的裙子看起来特别清新,优雅。劳拉穿着自己最喜欢的衣服——红裙子。但是,妈梳头的时候把她弄

得很疼，而且她也没有漂亮的金发，她的头发是棕色的，别人不会夸她的头发。所有人都只喜欢玛丽的金发，都只夸她。

终于，妈说："弄好了，你也有好看的卷发了。罗蒂阿姨马上就到了，你们去门口迎接一下，还可以顺便问问她觉得棕色卷发好看，还是金色卷发好看。"

女孩们立刻跑到屋外，这时罗蒂阿姨早已到了，正在那等她们。罗蒂阿姨还很年轻，比玛丽的个子高很多。她身穿粉红色连衣裙，一顶粉红色的帽子正被她拿在手上摇晃着。玛丽问："罗蒂阿姨，你觉得棕色卷发好看，还是金色卷发好看？"玛丽是个听话的孩子，她按照妈说的话问了一遍。

劳拉急切地想知道罗蒂阿姨的答案，她为自己感到可悲。

罗蒂阿姨笑着说："我觉得两种颜色的头发都很好看啊"，说完便用双手拉着劳拉和玛丽，一起蹦蹦跳跳地走到门口，妈已经站在这等着她们了。

阳光透过玻璃窗照进屋子里，屋里的一切看起来都又明亮又整洁。桌上铺着红色的桌布，灶台也擦拭得像镜子一样。站在卧室门前，可以看到劳拉那张安着滑轮的小床，已经被归置好了。食物储藏间也开着门，可是看到里面的储物架上放着很多好吃的东西,味道很好闻。黑猫苏珊刚刚睡醒了一觉,这会儿一边从阁楼上往下爬,一边叫唤着。

所有东西看起来都那么美好,劳拉也觉得很开心。万万没想到,她晚上竟然会做了错事。

罗蒂阿姨离开之后,劳拉和玛丽感觉很疲惫,心情也不太好。她们一起到柴垛里捡小木块,以备第二天早上生火用。她们讨厌干这个活儿,但是却每天都得干。晚上,她们本来就很疲惫了,所以更不想做。

劳拉捡起了一块大木块,玛丽看了看,说:"我可不在乎这些木块,罗蒂阿姨一直赞美我的头发,她觉得我的头发比棕色头发好看多了。"

听完这些,劳拉心里很憋闷,喉咙也感觉堵得难受,却无力反驳。她心里很清楚,金色头发比棕色头发好看。她无处发泄,就伸手朝玛丽的脸打了过去。

然后,劳拉听到爸喊她过去。

她一点点挪着步子,极不情愿地来到爸面前。爸就坐在门边,看到了刚刚发生的一切。

爸说:"我曾对你们说过,一定不可以打架。"

劳拉想要解释:"但是,玛丽她说……"

爸打断了她的话:"无论什么理由,都不能违背我交代

给你们的话。"

然后，爸把皮带从墙上拿了下来，劳拉被抽了一顿。

劳拉坐在墙角的凳子上，不停地哭泣。哭够了之后，她心里还是很生气。现在，能让她高兴的事儿只有一件，那就是玛丽必须一个人捡木块了，还得捡够一大盒才行。

天逐渐黑了下来，爸对劳拉说："到我这儿来。"这次，他的声音很温和，而且劳拉走过去之后，他抱着她坐在膝盖上，一副疼爱的样子，把劳拉抱得很紧。

劳拉靠在爸的怀里，头放在他的肩膀上，他的棕色胡子实在太长了，都挡住劳拉的视线了。他们心里都不生气了。

劳拉将事情的起因说给爸听。劳拉问："虽然金色头发确实很好看，但是你不会不喜欢棕色头发的，是吗？"

爸笑着说："看，劳拉，我也是棕色头发呢！"

劳拉真的没注意过呢。爸也长着棕色的头发，连胡子也是。现在，她一点儿也不讨厌棕色了。但是，她依然觉得玛丽自己捡木块是件高兴的事。

夏天的时候，到了晚上，爸不会给孩子们讲故事，也不演奏乐曲。夏天昼长夜短，白天的时候爸要一直干活，晚上会觉得很疲惫。

妈要干的活也很多。劳拉和玛丽会帮着妈分担家务，像清理杂草，给牛和母鸡喂食，到鸡窝里捡出母鸡下的蛋，还会和妈一起做乳酪。

等到森林里的草丛长得非常茂密时，母牛的奶水非常充足，这时就可以做乳酪了。

但是，做乳酪之前必须宰杀一头小牛，因为凝乳酶是做乳酪的必备材料，这种凝乳酶可以从小牛的胃膜皱褶中获取到。并且，必须是幼小的牛崽，因为只有那些用牛奶喂养，还没有吃过草的小牛才有。劳拉唯恐爸会宰杀小牛。她觉得小牛们都特别可爱，一头是浅黄色的，另一头是红色的。小牛的毛摸起来软软的，大眼睛水汪汪的，看上去那么纯洁。爸妈只要一提到做乳酪的事，劳拉就会紧张起来。

不过，小牛们都会安然无恙。因为家里养的都是小母牛，成年之后就是奶牛，爸不会宰杀它们的。爸去爷爷和亨利叔叔家的时候，提到要做乳酪。亨利叔叔说准备把自己家的小牛杀掉，它胃膜里的凝乳酶已经够用了，连波莉婶婶家、奶奶家和劳拉家的也够了。

过了几天，爸又一次去了亨利叔叔家，拿回来了一块小牛的胃。它就像一块皮革，是灰白色的，摸起来软软的，上面布满了褶皱，另一面摸起来却很粗糙。

天黑了之后，妈去给奶牛挤奶，然后就把牛奶盛在盆子里放置一个晚上。到了第二天，妈从表面撇出奶皮，留

着以后做牛油。等早晨挤好的牛奶冷却之后，将它和昨天剩下的牛奶倒在一起，然后放到火上加热。

妈用布把那块胃包裹起来，放到牛奶里一起煮。等牛奶达到了一定的温度，她捞出布包，把里面的牛奶都挤出来，然后把这些牛奶再倒回锅里。她尽量将牛奶搅匀，然后搁在火炉边温着。过了一会儿，牛奶凝固在一起，变成了块状，表面滑溜溜的，像布丁一样。

妈用长刀将牛奶分割成小块，凝乳里的乳清慢慢渗了出来。她把这些液体收集到一块布上，慢慢滤出里面的黄色乳清。等到乳清全部滴出来之后，她再将凝乳倒进锅里，放入盐巴，再充分搅拌。

劳拉和玛丽一直在妈身边看着，帮着做一些她们可以完成的事情。妈往锅里撒盐的时候，她们会弄出一些凝乳尝尝，这些东西很硬，咬的时候会咯吱吱地响。

后门有棵樱桃树，爸把压乳酪的板子架在那下面。木板上有两道凹槽，架在木墩上，摆放的时候使木板的一头高过另一头。在低的那头下面接上一个空桶。

妈拿出一个专门压乳酪用的木桶，用一块湿布垫在里面，然后倒入搅拌好的凝乳硬块，在上面又盖上一块湿布。她拿出一块圆木板，盖在最上面。这块木板比木桶小一圈，正好可以放进去。最后，她用一块很沉的石头压在上面。

一天过去了，在石头的压力下，圆木板渐渐下沉，凝乳里的乳清被挤到外面，沿着木板上的凹槽流到下面的空桶里。

早晨，乳酪饼压好了，妈把它从木桶里拿了出来。乳酪饼是圆形的，表面微微有些黄，差不多和牛奶盆一样大。然后，妈又继续做凝乳块，再装进木桶里。

每天早晨，木桶里的乳酪饼都会成型，妈把它拿出来，将表面削平整，然后用布包裹好，将接口缝合，再把牛油涂在外面。这些密封好的乳酪饼都会放在储藏室的架子上。每天，妈都会用湿布擦拭乳酪饼，再重新涂一层牛油，然后翻转过来存放。过了几天，乳酪就完全做成了。乳酪的表皮会形成一层坚硬的乳酪皮。

到这个阶段后，妈用纸包住乳酪饼，放在置物架的高处。一切都完成啦，以后就可以直接拿出来吃了。劳拉和玛丽对做乳酪都特别感兴趣，凝乳块也是她们喜欢吃的东西，使劲一咬，就能听见咯吱吱的响声。妈把乳酪饼修理平整的时候，会削下来一些边角，女孩们特别喜欢吃这些。妈说："传说，月亮就是用未成熟的乳酪做的。刚刚做好的乳酪饼，如同天上的圆月，青色并不是它原本的颜色，它其实就是黄色的，那就是月亮的颜色。"

妈说："它之所以叫青乳酪，因为它还没有完全做好

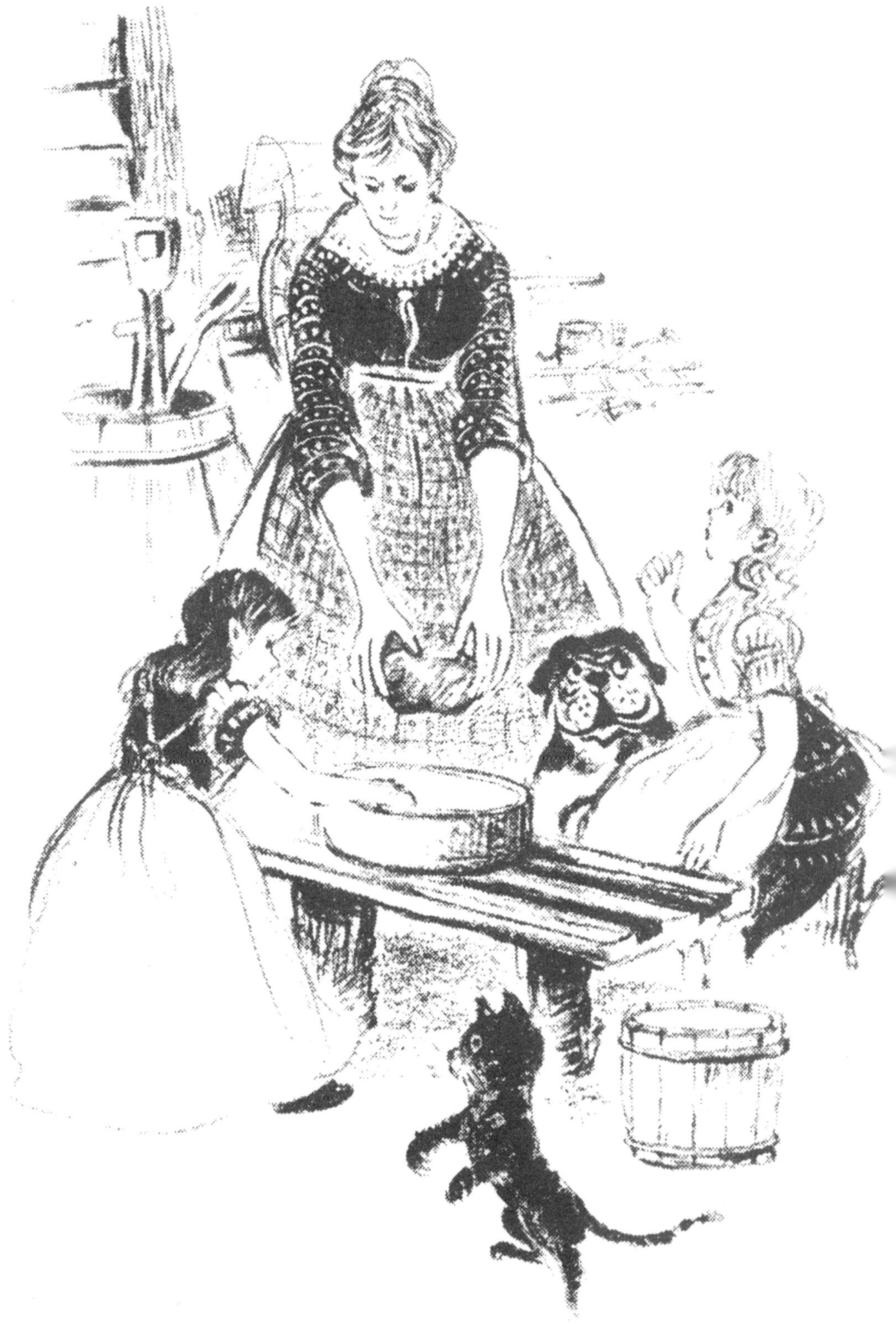

呢。等它凝结成块状，完成了所有的工序后，就不叫这个名字了。"

劳拉问："月亮是用未成熟的乳酪做的，这是真的吗？"妈笑着说："我觉得，这种传说的由来肯定是因为青乳酪的外形很像月亮，不过，不能只靠外形去判断呀。"妈一边给青乳酪涂牛油，一边给女孩们讲故事。她说："其实，月亮上面非常寒冷，什么生物都没有，那是一个死气沉沉的世界。"

在妈进行做乳酪的第一道工序时，劳拉偷吃了一口乳清。妈一转身，看见劳拉苦着一张脸，不禁大笑起来。晚饭后，妈趁着女孩们正在擦盘子的工夫，将劳拉偷吃乳清的事情告诉了爸，而且劳拉很讨厌乳清的味道。

爸说："虽然，你吃了妈做的乳清，但是你不像老格里姆那么惨，只能吃他太太做的乳清，最后饿死了。"

劳拉恳求爸给她讲这个故事。爸虽然感觉很疲惫，不过还是取出小提琴，边演奏边唱着：

老格里姆去世了，

这个老好人离我们远去了，

他常常穿着一件旧的灰色外套，

把扣子都扣得严严实实，

> 他的太太做乳酪，
> 他却只能喝乳清，
> 一阵东风从西边吹来，
> 不知将老格里姆吹到了哪里。

爸说："故事讲完了。老格里姆太太非常吝啬，如果她做乳酪的时候，在乳清里剩下一些奶油，老格里姆就不会饿死了。但是，老格里姆太太吝啬极了，把所有奶油都捞走了，老格里姆太虚弱了，风一吹就不见了。他是被饿死的。"

爸将头转向妈，说："不过，我们一点儿也不担心会饿死，因为我们有你，卡洛琳。"

妈说："肯定不会的，你会一直守护着我们。"

听了妈的话，爸很开心。这真是幸福的生活，在夏天的晚上，开着门窗吹风，妈负责洗碗，女孩们负责擦碗，碗碟的擦碰声交汇成一首动听的乐曲。爸将小提琴放了回去，高兴地吹着口哨。

过了一会儿，爸对妈说："明早我得去亨利家一趟，借他家的锄头把树根清除掉。麦田里的树桩又快被树苗淹没了，那些树苗都已经长到齐腰了。稍一不注意，新开垦的土地就会重新长满树苗。"

大森林里的小木屋
Little House in the Big Woods

第二天,爸很早就出门了。但是没过多大会儿,他又着急跑回家,套上马车,把斧头、两个盆子、煮饭用的锅、木桶和提桶全都扔到车里。他对妈说:"这些东西我不确定会用得上,可是我得带着,我可不想后悔没带。"

劳拉不停地追问:"发生了什么事?"她激动得快跳起来了。

妈说:"爸在树上发现了蜂窝,或许他能弄到些蜂蜜呢。"

中午的时候,爸终于回来了。劳拉站在门口不停地张望,马车一停下,她就跳到马车面前,但是却看不到马车里装了些什么。

爸喊着妈:"过来一下,把这桶蜂蜜拿进屋,我把马牵到牲口棚里去。"

妈走过去接过蜂蜜,看上去有些失望的样子,但是她仍然安慰爸:"查尔斯,这样已经不错啦。"然后,她看了一眼马车,不禁用手捂住嘴巴,她惊呆了。爸哈哈大笑起来。

原来,爸带走的所有容器里都装满了金灿灿的蜂蜜,有些都快要溢出来了。

爸和妈搬了好几趟,才将所有装蜂蜜的容器都搬到了屋里。妈把金黄色的蜂巢摞起来,放在一个盘子上,其余

的蜂巢用布盖了起来。

吃午饭时，他们美美地享用了一顿蜂蜜大餐，爸一边吃一边讲着他发现蜂巢的经过。

他说："今天出门并没有打算狩猎，所以出门时就没带猎枪。而且在夏天的时候，森林里没有什么危险。在夏天里，黑豹和熊有很多吃的，都长得胖嘟嘟的，一个个都懒得动，性情也很温顺。

"那时，我想走一条近道去亨利家，没想到会遇上一头大熊，差点儿撞个满怀。我从矮树丛绕了过去，谁知大熊就站在我面前，当时我们离得特别近，和这个房间的长度差不多。

"它扭过来打量着我，我估计它在看我是否带了枪。它看我没有武器，就懒得搭理我了。

"它站在大树下，一大群蜜蜂围着它飞来飞去，但是熊的毛皮太厚了，蜜蜂根本刺不进去。大熊的两只爪子挥来挥去，试图驱赶头上的蜜蜂。

"我一动不动地站在那看，大熊用爪子往树洞里摸，等抽出来的时候，爪子上全是蜂蜜。它用舌头舔掉那些蜂蜜，然后再重复刚刚的动作。我从地上捡起一根木棍，想要拿到一些蜂蜜。

"我拿着木棍使劲往树上敲打，用嘴发出吼叫声。这时，熊已经吃得差不多了，就放下前爪，慢悠悠地走开了。我又往前追了一段，让熊加快速度，再多走远一些，然后我就赶紧回来赶马车了。"

劳拉问："你是怎么躲过那些蜜蜂的呢？"

爸说："这并不难呀，我把马牵到蜜蜂蜇不到的地方，然后直接把整棵树砍断就行了。"

劳拉又问："那蜜蜂呢？蜇到你了吗？"

爸答道："蜜蜂没有蜇我。其实那棵树是中空的，从上到下全都是蜂蜜。蜜蜂肯定已经在这里住了很多年，才会储藏了这么多蜂蜜。里面的一些蜂蜜放得太久，已经变黑了。但是，里面也有很多新鲜的蜂蜜，已经足够我们全家吃了。"

劳拉觉得有些心疼那些小蜜蜂。她难过地说："小蜜蜂们每天勤劳地工作，可是自己却没有蜂蜜吃了。"

但是，爸告诉劳拉，那里还剩下很多蜂蜜。并且，附近还有一颗空心大树，它们也可以搬过去。而且之前的那棵大树已经老得不能住了，它们也是时候换个新家了。

蜜蜂是充满智慧的动物，它们可以搬运走之前的蜂蜜，然后再酿出新的蜂蜜，储存在新的家园里。它们还能找回散落在每个角落的蜂蜜。现在离冬天还很远，它们还有时间去酿造更多的新蜂蜜。

收获的季节

在农忙的时候,爸和亨利叔叔会互相帮衬。庄稼地里的作物长成时,亨利叔叔就来帮爸一起收割。波莉婶婶和她的孩子们也会一起过来玩。等亨利叔叔收割时,爸也会去帮忙,妈也会带着劳拉、玛丽和小卡莉一起过去。

爸和亨利叔叔在外面收割的时候,妈和波莉婶婶在家忙着做家务,孩子们可以在院子里随便玩,直到午饭时间。波莉婶婶的院子里有许多粗树桩,特别适合玩耍,孩子们可以脚不着地地从一根树桩跳到另一根。

大森林里的小木屋
Little House in the Big Woods

就算是最小的劳拉,也可以轻松地在树桩之间跳来跳去,这是个简单的游戏。查理堂哥的年纪最大,马上就十一岁了。对他来说,跳树桩简直太容易了,他能一次性跳过两根树桩,还能在栅栏上走来走去,完全不觉得害怕。

爸和亨利叔叔拿着镰刀在燕麦地里忙活。镰刀的前端是一把锋利的钢刀,后端是一个木把手,两部分被固定在一起组成镰刀。刀刃将燕麦割断后,燕麦秆便会整齐地断裂,躺倒在架子上。爸和亨利叔叔握着镰刀的把手,对着燕麦左右挥动。等燕麦秆在架子上堆满之后,他们将燕麦秆移到地面上,然后聚拢在一起。

割燕麦非常辛苦,在炎炎的烈日下,在地里穿梭着,两手要不停地挥舞镰刀,还要整理割好的燕麦秆。

等全部割完,他们还要再巡视一遍。然后弯下身子,用麦秆编成草绳,将山一样高的燕麦抱在怀里,用草绳打成捆,得系得结结实实才行。最后,将草绳的绳头塞进去。

每七捆燕麦可以堆成一个草垛。其中五捆燕麦要立着放,麦穗向上,每捆之间都紧挨着。然后将剩下的两捆放在上面,将麦秆掰开,使它成为屋顶的样子。它可以为下面的燕麦遮风避雨,避免其他燕麦被雨淋湿,或者被露水

弄湿。

爸和亨利叔叔必须趁天还没黑割完所有的燕麦，然后垒成草垛，倘若夜晚的露水把放在地上的燕麦弄湿了，那就损失大了。

收割燕麦这个活儿非常辛苦。天气特别闷热，一点儿风也没有。爸和亨利叔叔渴望着会下点儿雨，可是又不能下雨。因为现在这些长熟的燕麦还没有全部割完，也没有垒成草垛，如果这会儿下雨，那么这些种了一年的粮食就不能吃了。到了冬天，亨利叔叔家的马匹也就没有食物了。

午餐时间到了，爸和亨利叔叔急匆匆回到家里，快速吃完午餐。亨利叔叔对查理堂哥说："下午，你和我们一起去地里。"

亨利叔叔这样说的时候，劳拉瞥了爸一眼。她曾听说过，叔叔和婶婶都太溺爱查理堂哥了。爸刚满十一岁时，就要天天去犁地。但是查理长这么大基本上没有干过什么活儿。今天亨利叔叔让查理去当帮手，可以更快地把燕麦割完。查理可以在爸和亨利叔叔忙活的时候，到泉眼去打水喝。等到他们渴了，查理可以把水壶递过去。当镰刀需要打磨的时候，查理还能跑去拿磨刀石。

孩子们一个个都看着查理。查理肯定不想去干活，他喜欢在这里玩耍。不过，他可不敢这么说。

爸和亨利叔叔一吃完饭就又去地里了，片刻都没有耽误，查理也尾随着一起去了。查理走了之后，在剩下的孩子中，玛丽是最大的。她喜欢比较安静的、淑女的游戏。所以，下午的时候，孩子们改成了玩过家家游戏。把树桩当成桌子、椅子和灶台，把树叶当成盘子、碟子，把树枝当成小孩子。

天黑了之后，劳拉他们也该回家了。路上，劳拉和玛丽听爸讲起了今天地里发生的事情。

查理堂哥去了之后，不仅没有帮忙，倒是惹出了不少麻烦。查理一直在他们前面挡路，割燕麦的速度也不得不慢了下来。他还把磨刀石藏得自己也找不到了，需要用的时候还得四处寻找。每当需要喝水的时候，亨利叔叔得不停地喊，查理才磨磨唧唧把水壶递过来。不仅如此，查理还一直跟着他们问问题，没完没了地问。他们已经非常疲惫了，完全顾不上理他，只好让他到一边去，不要在这里打扰他们干活。

忽然，查理尖叫了起来，他们马上扔下镰刀，跑过去看看发生了什么。

因为麦田附近的树林密集，经常会有蛇潜伏在这里，他们担心查理有危险。等他们到了查理那儿，才知道根本

没出什么事,查理讥笑他们:"我跟你们开个玩笑而已。"

爸说,如果查理是他的孩子,绝对会用鞭子狠狠打他一顿。但是,亨利叔叔并没有打查理。他们喝了一些水,就又回地里干活了。那天下午,查理连续玩了三次这样的把戏,他们听到尖叫后都马上赶过去,但是结果都是被讥笑,查理好像特别喜欢这样开玩笑。即便这样,亨利叔叔仍然没打他。过了一会儿,查理又一次发出尖叫声,这次比前三次叫得声音都大。爸和亨利叔叔朝查理看了一眼,发现他在那里跳来跳去的,没有什么异样,而且刚刚他们已经被耍了好几次,所以他们这次没有理会查理,继续干着农活。但是,查理的尖叫声逐渐变大。爸没有说什么,亨利叔叔说:"随他去吧。"然后他们继续专注地干着手里的活儿。

过了一会儿,查理还是一直跳来跳去,叫声也没有停止。亨利叔叔有点儿担心了,说:"可能真的出事儿了!"然后他们扔下镰刀,跑出麦田,奔向查理。

原来,查理之所以又叫又跳,是因为他一不留神踩到了地上的黄蜂窝。那些亮黄色的小黄蜂可不会轻易饶了他,纷纷飞过去将他围起来,轮番用刺蛰他,查理根本逃不出去。他只能一直来回跳着,但是黄蜂仍然成群结队地攻击他。脸上,手上,脖子上,甚至鼻子上,都被蛰得不

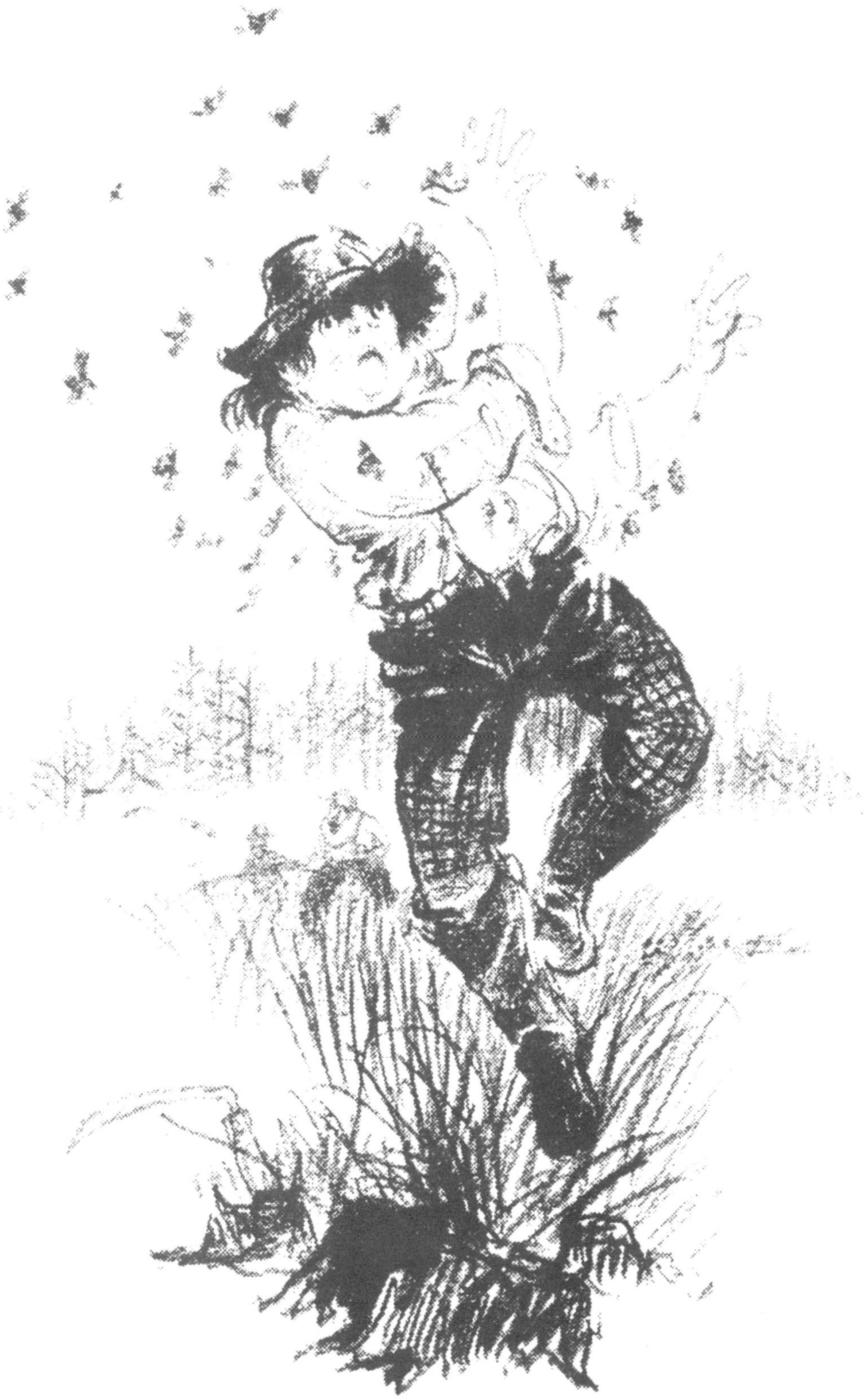

成样子了。有些黄蜂还从裤管里钻了进去，蛰他的腿，有些爬进了衣领里，蛰他的脖子。他越使劲地跳，越大声地喊，黄蜂们蛰得越厉害。

爸和亨利叔叔架起他的胳膊，带他到离黄蜂窝比较远的地方，迅速扯下他的衣服。他浑身都肿了，衣服里爬满了黄蜂。爸和亨利叔叔将他身上的黄蜂打死，赶走衣服里的黄蜂，再让他把衣服穿上，交代他赶紧回家。

那时，女孩们正在院子里玩过家家，一阵惨烈的哭声传了过来。查理哭着跑了进来，他的整张脸都肿了，泪水在肿胀的眼睛里打转，可是流不出来。他的手、脖子、脸蛋都肿了，变得非常大，手指也变粗了，脸和脖子上到处都是凹进去的白色圆点。女孩们呆呆地看着他。妈和波莉婶婶赶紧跑过去，询问究竟出了什么事儿，查理只是不停地哭，什么也不说。妈一眼便看出他被黄蜂蛰了，立刻去菜园里弄来一些泥土，波莉婶婶带着查理进了屋，把查理的衣服脱下来。妈在泥土里加入水，搅拌好后涂在查理身上，再用旧床单把他包起来，让他躺在床上。他的眼睛肿得太厉害了，已经完全睁不开了，鼻子的形状看起来也很怪异。妈和波莉婶婶又把泥浆涂在他脸上，然后拿出一块布包住脸，只把鼻头和嘴巴露在外面呼吸。波莉婶婶又煎了些草药，让查理喝下去，可以退热。女孩们齐刷刷地站在床边看着查理。

等爸和亨利叔叔忙完之后，夜幕已经降临了。燕麦秆都已经堆成了草垛，即使下雨也不会被弄湿。爸来不及吃晚饭，就得赶回家挤牛奶。因为如果不在这个时间挤奶的话，牛下的奶就会减少。爸迅速准备好马车，劳拉一家便坐上马车回家了。

爸实在太累了，双手火辣辣地疼，没法驾驶马车了，还好马儿是认路的。妈抱着小卡莉和爸坐在一起，劳拉和玛丽坐在后面。听完爸讲述查理的事情，劳拉和玛丽都非常吃惊。她们也会贪玩，但是远远比不上查理。他不仅不帮大人干活，还不听亨利叔叔的话。爸和亨利叔叔干活已经很累了，他还惹了这么多麻烦。爸在讲到黄蜂窝时，说："撒谎的小孩就应该受到惩罚。"

当晚，劳拉上床之后，听着雨滴拍打屋顶的声音和屋檐下流水的声音，不禁回想起爸的话。她觉得查理的事情，是他应得的教训。他实在太贪玩了，而且还捉弄别人。并且，他踩在黄蜂的窝上，黄蜂理所应当蛰他。

但是，她不明白爸为什么说他是撒谎的孩子。查理堂哥什么时候撒谎了呢？他什么话都没说呀。

神奇的机器

第二天早晨，爸将燕麦秆的麦穗切下来，把剩下的麦秆交给妈。这些麦秆黄灿灿的，而且富有光泽。妈已经准备好了一盆水，将这些麦秆泡在里面。浸泡可以使麦秆始终保持柔软的状态。然后，她坐在水盆旁，开始用麦秆编绳子。她从水里挑出已经变软的麦秆，将一头完全对齐，系成一个结，再顺着往下编。妈把编成型的麦秆放到盆里继续泡，可以避免绳子编到一半的时候变硬，否则接下来的部分就不好编了。她顺着一头不停地编，一条绳子长达好几米呢。之后的几天时间里，妈只要一有空就用麦秆编绳子。

妈可以编出好几种绳子，一种细细的、滑滑的绳子是用七根细麦秆编成的；还有一种粗绳子是用九根粗麦秆变成的。编好之后，绳子的外围全是均匀排列的锯齿状。最后，她选出最粗的麦秆编成绳子，比其他的绳子都要粗。

等麦秆全部编完之后，妈拿出缝衣针穿好线，从麦秆绳子的一头开始缝，一圈一圈连在一起，缝过的绳子都会被压得很紧实，又扁又平，看上去就像垫桌子用的圆垫子。妈告诉劳拉，这是草帽的帽顶。接着，妈将其中一头拉紧，然后以圆垫子为起点，继续往下一圈一圈地缝。缝在下面的草绳逐渐变小，这就是帽子的侧面部分。等帽顶的高度差不多了，妈就会把绳子放松一些，继续一圈一圈地缝，不过这时用的力气比较小。这样，又扁又平的绳子松松地排列在一起，成了帽檐的样子。等帽檐的宽度差不多了，妈便弄断绳子，将绳子的尾端使劲缝在一起，避免散开。劳拉和玛丽的帽子是用那些细细的绳子编成的，妈和爸的帽子则是用那些粗绳子编成的。现在编的这顶帽子，是给爸在休息日佩戴的。除此之外，妈又用那种最粗的绳子编成两顶帽子，爸干活的时候可以戴。

妈每完成一顶帽子，就摆放在木板上，让它慢慢晾

干。不过晾晒的时候得把帽子的形状整理好，以免帽子干了以后走样。妈的手很巧，编出的帽子最好看。妈只要开始编帽子，劳拉就在一边看。她还会自己编麦秆绳子呢，布娃娃夏洛特的新草帽就是劳拉亲手编的。

白天的时间逐渐变短，夜晚的气温也越来越低。一天晚上，忽然下霜了。大家一觉醒来之后，看到霜花覆盖在绿色的树叶上。过了一些日子，树叶失去了原本的绿色，逐渐变成黄色的，深红的，鲜红的，金色的，还有棕色的。

篱笆外长着两棵漆树，这会儿，它红色的叶子里显现出了红色的浆果。叶子纷纷掉落下来，它们成了劳拉和玛丽玩过家家游戏时用的小杯子和小碟子。森林中的山胡桃树和山核桃树的果实也成熟了，纷纷掉落下来。倘若在森林中行走，一定能看到小松鼠们忙碌的身影。这些好吃的坚果是它们过冬的必备食物，现在它们正忙着往树洞里搬呢。

有时，妈也会带着玛丽和劳拉进入森林中，去采集山胡桃、山核桃和榛果。她们把大量的坚果放在太阳下晾晒，等干了之后，把外面的硬壳敲碎，取出果仁，放在阁楼里储藏起来，等冬天到了之后再吃。

捡坚果是件很好玩的事情。山胡桃果很大，很圆，山核桃果比它小一点儿，榛果成串地生长在灌木丛中。山胡桃果外面的壳是软的，富含褐色的汁液，女孩们捡过之后手指会被弄黑。榛果的外壳散发着香甜的气息，果仁也很好吃。劳拉经常直接咬开榛果壳，然后把果仁掏出来吃。

到了这个时间，大家要做的事情都变多了，因为蔬菜都长熟了，需要好好地储存起来。劳拉和玛丽也得分担一些活。爸负责在泥土里翻找土豆，找到之后，她们需要捡起来放进竹篮里。还有胡萝卜、紫头的圆形芜菁，她们都能一起拔出来。除此之外，她们还协助妈做南瓜饼。

妈用杀猪刀切开红彤彤的大南瓜，把它分成两份，将南瓜子清理干净。然后再把南瓜切成条状，一块块地削皮，妈把削了皮的南瓜递给劳拉和玛丽，她们可以把条状的南瓜切成小块。

妈在火上烧了一大锅水，然后把南瓜块放进去煮，等水开了之后，南瓜也会逐渐变软。要煮到锅里没有一点儿汁水才行，并且也不可以把南瓜煮焦糊，这个过程需要一整天时间。煮着煮着，南瓜和水在锅里变成了红色的浆糊，稠乎乎，香喷喷的。它和清水不同，不会在煮开以后就四处飞溅，而是表面一直冒气泡，然后这些气泡又一个个爆裂，这时，南瓜糊的表面会凹下去一块，不过四周的南瓜糊会迅速涌过去，将凹陷处填平。随着气泡的爆裂，南瓜的香甜气息也会迎面扑来。

炉子旁边摆着一把椅子，劳拉站在上面看锅，她拿着

木勺一直搅动着锅里的南瓜糊，避免南瓜被煮糊，不然就不能做南瓜饼了，大家也吃不到了。吃午饭的时候，她们的餐桌上放着香喷喷的南瓜糊和面包。劳拉和玛丽玩着盘子里的南瓜糊，把它弄成自己喜欢的样子。南瓜糊的颜色鲜亮，显得特别好看，又软又滑，等到凉了之后，还能用刀子弄成饼子的形状。一般情况下，妈都要求女孩们不能在餐桌上拿吃的玩，她们都得乖乖地吃饭，而且要把盘子里的食物全部吃光。唯独在吃南瓜糊的时候，妈允许她们玩，她们可以把又香又好看的南瓜糊做成各种图案，然后再吃下去。

有时，她们也会在中午吃烤笋瓜。笋瓜长着坚硬的外皮，妈得用斧头砍，才能把它弄成片状。然后把笋瓜片放进烤箱里，它会变得软软的。劳拉最喜欢配着牛油吃笋瓜肉了，用勺子舀着吃，美味极了。

秋季时，脱皮的玉米仁和牛奶成为餐桌上的常客。她们一般在晚上吃这些。劳拉觉得这是最好吃的食物了。只要看到妈开始剥玉米皮，她就等不及想要马上吃到。但是，做这道美食很费时间，还得再等三天才行呢。

第一天，妈要先清理炉灶，把里面烧过的木柴取出来丢掉，再把干净的硬木柴搬到炉灶边，而且还要把柴灰装在布袋子里存着备用。

晚上，爸回来的时候会顺便拿回一些新鲜的玉米。挑出那些干巴巴的玉米粒，只留下颗粒饱满的，然后装进一个大盆子里，直到装满为止。

第二天早晨，妈在火上烧一大锅水，然后把玉米粒和装柴灰的袋子都放到锅里煮。需要煮很久，直到玉米粒都胀得很大才行。接着，玉米粒的皮会自己胀裂，和玉米粒分离开。

等到所有玉米粒的皮都掉下来之后，爸就把大锅挪到院子里去。妈提前去山泉眼打水，然后把这些清澈的泉水倒进洗衣盆里，再把玉米粒倒进来。

妈高高挽起袖子，蹲在盆子边，两只手抓起玉米粒搓啊搓，反复地挫，直到玉米粒的皮全都脱落，浮到水面上。

妈需要换好几次水，她将掺有玉米粒皮的水倒掉，再倒入清水。直到玉米粒的皮全都脱落干净了才行。

妈在这时候看起来特别美丽。她为了挫玉米粒，需要挽起袖子，露出的手臂又白又嫩，脸蛋红红的，头发乌黑发亮，如同丝绸一般。她在干活的时候也从不会将水弄到漂亮的衣服上。

玉米粒都洗干净了，只剩下乳白色的玉米仁。妈将这些软绵绵的玉米仁装到一个罐子里，然后把罐子搁在储物柜里。等到吃晚饭的时候，玉米仁和牛奶就可以端上餐桌了。

那么，早餐吃什么呢？他们有时吃玉米仁加枫糖浆；有时吃煎玉米仁，用的还是烤猪肉时省下的猪油。但是，劳拉还是最喜欢吃玉米仁加牛奶。

秋天真是个有趣的季节。人们都要不停地干活，还有很多美食可以吃。孩子们更喜欢秋天，每天都会发生很多奇妙的事情。劳拉每天都乐呵呵的，像小松鼠似的，一直叽叽喳喳地说话，一直蹦来蹦去。

有一天早上，森林的小路上行驶过来一台机器，样子非常怪异。四匹马拉着机器向前走，马上坐着两个男人。马儿带着机器来到了地里。那是爸、亨利叔叔、爷爷、彼得叔叔他们存放麦子的地方。

后面还跟着两匹马，拉着另一台机器，这台要小一些。

爸告诉妈，那些人带着打麦子机来了。然后爸就赶紧骑上马去地里。劳拉和玛丽请求妈让她们也去看看，得到允许后，她们跟在爸的身后，也去了地里。妈叮嘱她们要事事小心，而且不能给大人添麻烦。

过了不久，亨利叔叔也赶到了，他将马拴到了附近的树上。旁边还有八匹马，他和爸合力把马匹都套在小一些的那台机器上。从机器中间的棍子里可以抽出四根木棍，他们在每根木棍上各系上两匹马。还有一根铁棍拖在地上，连接着大机器和小机器。

劳拉和玛丽的疑问太多啦，她们向爸问这问那，爸耐心地给她们解释。那台大一些的机器是"脱谷机"，连接在中间的铁棍是"转轴"，那台小一些的机器是"马力机"。把八匹马套在上面，可以带动机器转起来，因此，这部机器是八马力机。

马力机上需要有个人指挥，等每一项都准备妥当后，他向马儿发号施令，让八匹马一起往前走。马儿都是两匹一组，它们都围着这个人打转，每一组马都会带动系在它们身上的木棍，而且紧跟着前面的马。马儿在一圈一圈走的时候，地上的转轴也会转起来，而且马儿会避开转轴，不会踩上去。

马儿不停地走，动力通过转动的转轴传输到脱谷机，使它运作起来。

脱谷机的声音震耳欲聋，不停地"嘭嘭"响。玛丽和劳拉站在远处，用力握着彼此的手，睁大眼睛看着工作的脱谷机。这么奇怪的机器，她们还是第一次见，这么大的轰鸣声，她们也是第一次听到。

爸和亨利叔叔迅速爬到麦堆上，用叉子把成捆的麦子挑到一块木板上。木板边也有人守着，他负责割断捆麦子的草绳，然后拿起麦子，依次塞到脱谷机后侧的洞里。

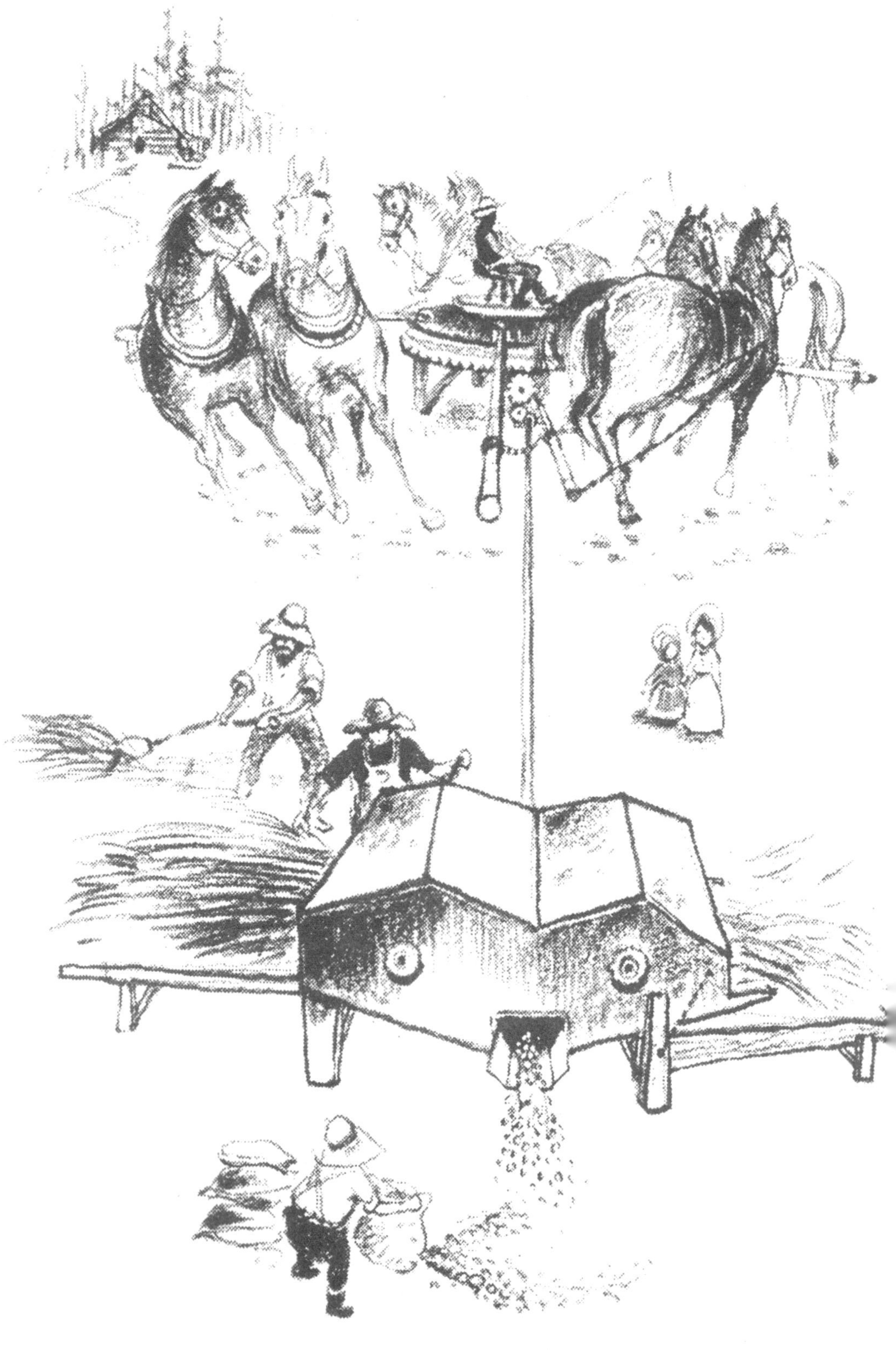

那个洞如同一张大嘴，里面还长着尖利的铁牙。铁牙一开一合地吃掉那些喂进来的麦子，一捆一捆地往下吞，紧接着，在脱谷机的另一侧，麦秆又被呼啦啦地吐出来。而那些金黄的麦粒连绵不绝地从另一张嘴里流出来，好像流水似的。

机器的旁边还站着两个人，动作敏捷地把麦秆收起来，然后堆成草垛。另一个人守在出麦粒的口儿，把不停往外流的麦粒装到袋子里。顺着脱谷机的管道，麦粒会流到量斗里。这个量斗是十八升的。只要量斗装满了，这个人就要把一边的空量斗换上去，然后快速拿起袋子，把装满的量斗清空。这边刚装好，那边的量斗再一次被装满了，所以他一刻也不能停。

每个人的动作都很迅速，但是机器也很迅速，好像比他们更快。劳拉和玛丽越看越激动，都快要不能呼吸了。她们握紧彼此的手，睁大了眼睛看着。

马儿还在继续绕圈，负责赶马的人不停地挥动鞭子，喊道："约翰尼，再走快点儿，不要总偷懒。"紧接着，鞭子声又响了起来，"比利，走慢一些，速度太快了！"

每个人都那么忙，脱谷机不停地吞吃麦子，金灿灿的麦秆源源不断被吐出来，如同金色的雾气。另一头，金灿灿的麦粒也源源不断地被吐出来。劳拉和玛丽看着爸和亨

利叔叔用尽全力把麦捆叉起来，扔下去，一刻都不停。谷壳和灰尘在地里四处飞扬。

劳拉和玛丽仍然站在那看着，她们不舍得离开。眼看快要到午餐时间了，她们才恋恋不舍地回家去了，因为还要帮妈一起准备午餐。

炉子上炖着卷心菜烧肉，正咕嘟咕嘟冒着泡。青豆和强尼饼也快要烤好了。劳拉和玛丽一起整理餐桌。她们把发酵面包和美味的牛油，以及柔软的南瓜糕、甜滋滋的南瓜饼和干莓饼、乳酪、蜂蜜、牛奶全都摆到了桌上。

没过一会儿，煮马铃薯、卷心菜烧肉、烤青豆、滚烫的强尼饼和烤笋瓜都做好了，妈将它们也摆在餐桌上，还倒了几杯茶。

让劳拉想不通的是，玉米粉面包怎么会叫"强尼饼"呢？它应该是面包，而不是饼。关于这一点，妈也不太清楚，她听说过以前南北方的军人对峙时，这种食物在南方军人中很流行。当时，南方军人的外号是"叛军强尼"，或许是为了好玩，因此，这种南方面包就被称为"强尼饼"了。

妈说，也有人提到过，这种面包应该叫"旅行饼"，可是她不知道为什么这么叫。她倒认为这种面包不方便出门携带。

午餐时间到啦，来帮忙打麦子的人都坐在餐桌前，好吃的食物已经堆满了餐桌。不过，他们干活非常累，肚子非常饿，再多的食物也都能吃完。

下午的时候，打麦子的工作全部完成了。打麦子的人可以拿走几袋麦子作为报酬，带上机器，继续往森林里走。那里还有活儿要干，森林里的居民也有很多麦子等着打。

当天晚上，爸觉得特别疲惫，可是看起来却非常高兴。他说："倘若我、亨利、彼得、爸都用手工打麦子，恐怕得用两周的时间才能和今天打的一样多，并且也不会这么干净。"

爸感叹道："机器真的是世界上最伟大的发明呀！如果还有人非得用传统的方法打麦子，那么就让他自己犯傻去吧，我觉得用机器打麦子非常好。我们生活的时代真是太棒了。在我种麦子的这段时间，肯定一直会选择用机器打麦子。"

爸太累了，早早就上床休息了。他没有力气给女孩们讲故事或者拉琴了。不过，劳拉以爸为荣，如果没有爸聚集其他需要打麦子的人，如果没有爸联系那些用机器打麦子的人，就没有今天的成果了。这台机器实在太奇妙了，因为有了它，大家都觉得特别神奇，特别快活。

173

捕 鹿

青草逐渐失去了原本的绿色，又变得干枯起来，爸到森林里找回奶牛，让它回到暖和的牛棚里去。秋天的雨水带着一些寒意，席卷了整个大地。树林里五颜六色的树叶也逐渐黯淡无光。

现在，孩子们不能在树下做游戏了。但是正值雨季，频繁的降雨使爸不得不待在家里。每次吃过晚饭，他又会拿出小提琴演奏乐曲。

雨季结束了，气温变得很低。早晨，屋外的一切都笼罩着亮闪闪的霜花。白天的时间越来越短,壁炉里的火一直没有灭过,好让屋里的温度高一些。冬天又要到了。

爸和妈又准备了很多食物过冬,阁楼和储藏室都被塞满了。劳拉和玛丽又开始用布块做被子。小木屋里还是那么舒服、暖和。

一天晚上,爸从地里干活回来,进屋之后,他告诉大家,晚饭过后他要到树林里去猎鹿,在鹿舔盐的地方可以抓到它们。自从春天过后,大家都没有吃过新鲜的肉,转眼间又到冬天了,小鹿已经成年了,打猎的工作也可以继续了。

如果有一头鹿在地上发现了盐,就会吸引更多的鹿过来舔盐,这个地方就被称为"鹿舔盐的地方"。以前,爸挑选了一块空地,把盐撒在地上,空地的四周长满了高耸的树,方便他藏在里面,还能遮盖住他身上的味道。这样,他只需要坐在树林里等着就行了。

晚饭结束后,爸带着猎枪来到空地。这会儿,劳拉和玛丽都应该去睡觉了,所以她们今晚不能伴着故事和歌声入眠了。

第二天早上,她们醒来的第一件事就是趴在窗户上观察外面,但是,门前的橡树上什么也没有。以前,爸只要出门打猎,就肯定会有收获,这次是怎么回事呢?劳拉和

玛丽都觉得很奇怪。

她们想要找爸问一问，但是爸一直在忙。他收集了很多落叶和收割的麦草，然后堵住屋角和牛棚的缝隙，再把大石头压在上面，避免冷风往屋里钻。那一天，外面的温度更低了。晚上，火炉被烧得旺旺的，窗户都严严实实地关了起来，有缝隙的地方都塞上了碎布条。冬天来了！

吃过晚饭之后，爸抱着劳拉坐在自己膝盖上，玛丽坐到了一边的凳子上。爸对她们说："你们是不是想知道，我们今天怎么没有新鲜的肉吃？我说给你们听。"

"昨晚，我赶到了撒盐的那块空地，爬到旁边的大橡树上躲了起来，从树枝中间可以清楚地看到下面的情况。

"倘若有动物跑到空地上，只要在射程之内，绝对能一枪毙命。我提前给猎枪装满了火药，放在腿上准备着。

"我静静地躲在树上，等着月亮爬上天空，照亮那片空地。

"可是，昨天我一直在砍柴，觉得有一些累。之后，我几乎快要睡着了。忽然，周围传来了一阵很轻的声音，我马上醒了过来。

"月亮刚刚升上天空，我从树枝间的空隙张望，看到月亮还没升到高空。借着月光，我看见空地上出现了一头鹿，它抬着头，似乎听到了什么。它长着一对漂亮的鹿

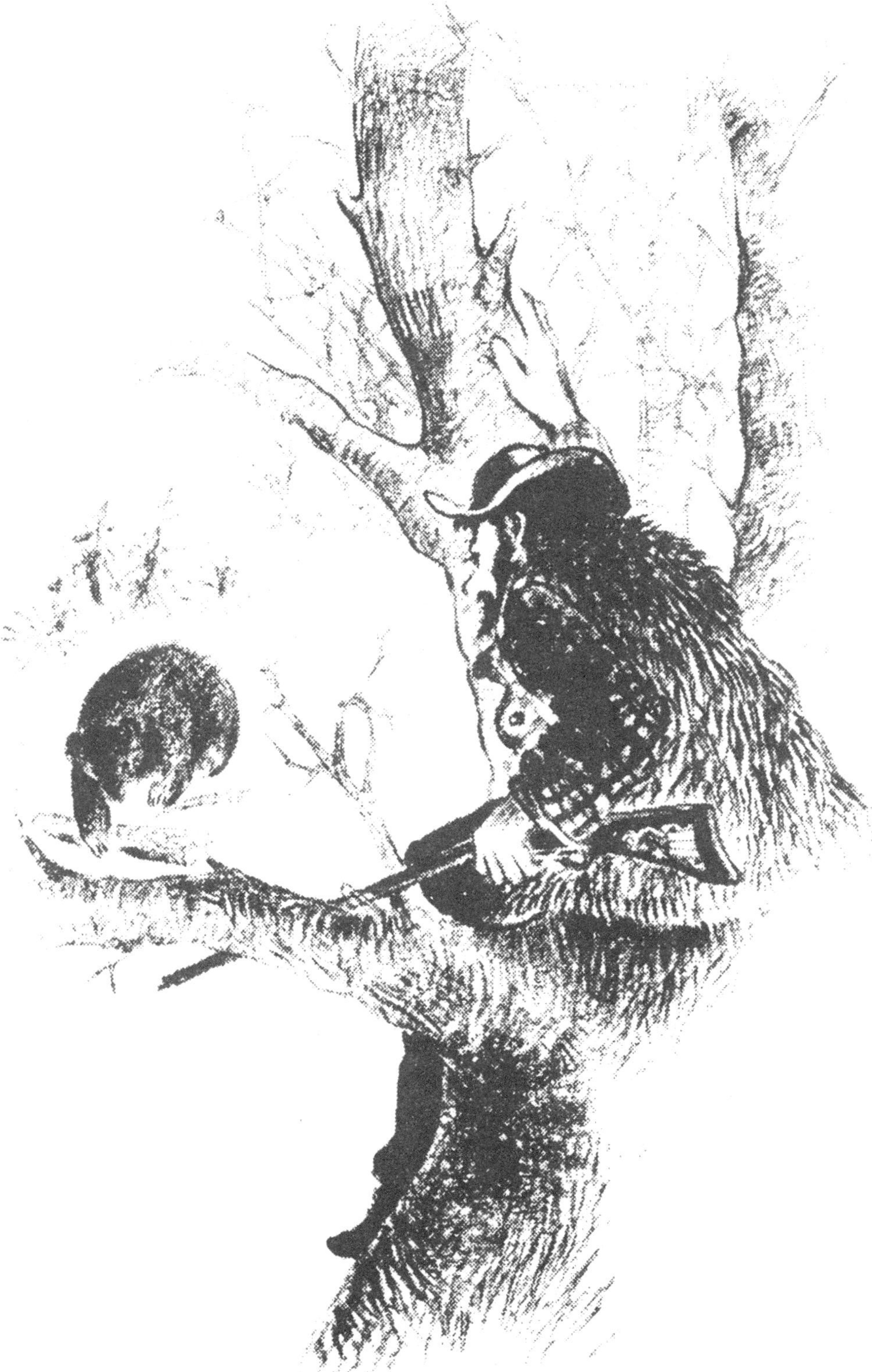

角，又大又弯。月光洒落在它身上，看上去如同一尊精致的雕像。

"这时候，如果我想要射死它，那是很容易的事。可是在我瞄准时，发现这是一头漂亮、强壮的雄鹿。它无拘无束地生活着。我实在不忍心开枪，于是，我呆呆地坐在树上，看着它的一举一动，一直到它进入了漆黑的树林中。

"这时，你们浮现在我的脑海中。我的宝贝们，我爱的人都在家里等着，期盼我带着鹿肉回家，为漫长的冬天储备粮食呢。于是，我告诉自己，绝对不能错过下次机会。

"过了不久，一头大熊慢悠悠地进入了空地。经过了食物充足的夏季，大熊被好吃的果子、肥硕的根茎，还有各种各样的昆虫滋养得又肥又大，它的体型相当于普通熊的两倍。它四爪着地，摇头晃脑地到空地里去找食物。它在一根烂掉的树干上闻了闻，又听了听，然后伸出爪子扒开那根树干，又趴到碎木片上闻了闻，接着就开始享用树干里的那些大肥虫了。

"过了一会儿，它用后腿支撑着身体，一下子站了起来，它站在原地左看看，右看看，似乎察觉到了什么异样。它的样子似乎是想尽力搞清楚究竟是哪里出了问题。

"这头肥嘟嘟的熊确实是一个好猎物，但是我被它刚刚的样子逗乐了，它真的太可爱了。月光倾泻在森林中，四周都非常安静。我已经忘记自己是来狩猎的了。等到那头熊又晃晃悠悠地回到森林时，我才想起来自己的任务。

"我坐在那告诉自己，如果我一直这样，那就不可能捕捉到猎物了！

"我换了个姿势，然后接着等。我下定决心，下次一定要开枪射死猎物。

"月亮已经爬上了高空，月光皎洁，照亮了那片空地。可是，周围的森林却在阴影里黑得吓人。

"我等了很长时间，两头鹿从阴影里走了出来，那是一头母鹿妈妈，带着自己的鹿宝宝。它们并没有意识到危险，直接到我撒盐的地方舔了起来。

"不一会儿，它们把头抬了起来，看了看对方。小鹿走到鹿妈妈身边撒娇，一起欣赏森林和月色。它们漂亮的大眼睛透出柔和的光亮，看起来那么的祥和。

"我坐在原地，静静地看着那两头鹿，等到它们回到了阴影了，我就从树上下来，然后就回家了。"

劳拉贴到爸的耳边，小声地说："还好你没有开枪，我觉得很高兴。"

玛丽说："我们还有面包、牛油和玉米仁这些东西可以吃啊。"

爸抱过玛丽，把两个女儿紧紧抱在怀中。

他说:"你们都是好孩子,我为你们感到骄傲!现在得去睡觉了,赶快收拾一下吧。我去拿小提琴。"

劳拉和玛丽做完睡前祷告,钻进了被窝,躺在舒适的小床上。这时,爸已经准备好了小提琴,坐在壁炉前演奏。妈熄灭了煤油灯,她织衣服的时候不需要太亮。她坐在摇椅上慢慢地摇来摇去,编织针被火光照得一闪一闪,不停地飞舞着。

暖烘烘的炉火,悦耳动听的小提琴曲,漫长的冬夜再次如期而至。

爸小声地哼唱着,小提琴似乎在低声哭泣:

哦,
苏珊娜,
不要忧伤,不要恐惧,
我即将去加利福尼亚挖掘金砂。

这时,爸又开始演奏老格里姆的曲子了。但是,歌词已经不一样了,爸重新填了词。爸用富有磁性的声音低声唱道:

旧日的朋友,难道已经被遗忘?

大森林里的小木屋
Little House in the Big Woods

> 曾经快乐的时光，难道已经被遗弃？
>
> 快乐的时光啊，
>
> 我的老朋友，
>
> 快乐的过去啊，
>
> 旧日的朋友，难道已经被遗忘？
>
> 曾经快乐的时光，难道已经被遗弃？

小提琴的声音越来越小，劳拉小声地问："爸，'旧日'是什么意思呀？"

爸解释道："表示很久之前的日子，宝贝。闭上眼睛，好好睡觉吧。"

可是，过了很久，劳拉还是没有睡着，她听着小提琴悦耳的声音，听着回荡在大森林里的风声。她看了一眼爸，他正坐在壁炉前，火光一闪一闪的，把他的棕色头发和胡须也照得闪闪发亮，橘黄色的小提琴也映射出微微的光芒。她又看了一眼妈，妈还坐在摇椅上，手上忙着针线活。

劳拉在心里默念："现在。"

劳拉感觉很幸福，小木屋是那么的舒服，暖和。爸、妈、暖炉、音乐都在这里，它们都存在于"现在"。"现在"会一直定格在这里，它不可能成为"旧日"。